Siegfried Baumgart
Ist alles menschlich, Herr Pastor!

Siegfried Baumgart

Ist alles menschlich, Herr Pastor!

Ländliche Geschichten von gestern und heute

Mit Illustrationen von
Fred Westphal

Evangelische Verlagsanstalt

Namensähnlichkeiten mit lebenden Personen sind
unbeabsichtigt und rein zufällig.

Die Deutsche Bibliothek – CIP-Einheitsaufnahme

Baumgart, Siegfried:
Ist alles menschlich, Herr Pastor! : Ländliche Geschichten
von gestern und heute / Siegfried Baumgart. Mit Ill. von
Fred Westphal. – Leipzig : Evang. Verl.-Anst., 1993
ISBN 3-374-01423-2

ISBN 3-374-01423-2

© 1993 by Evangelische Verlagsanstalt GmbH, Leipzig
Printed in Germany · 6359
Umschlaggestaltung: Hans-Jürgen Willuhn
unter Verwendung einer Illustration von Fred Westphal
Gesamtherstellung: Maxim Gorki-Druck GmbH Altenburg

Große Wäsche

Pastor Senftleben pfiff eine Melodie, die so neu war, daß er sie selbst nicht kannte. Er saß auf einem alten Damenrad, das ihn tragen und zudem einen Hänger ziehen mußte, auf dem ein Wäschekorb und eine gelbe Plastikwanne schaukelten. Der Tag war noch jung und versprach heiß zu werden. Ein Tag wie ausgesucht für große Wäsche! Als er daran dachte, zog sich sein Gesicht ein wenig zusammen. Aber nach einem prüfenden Griff zur Brusttasche, in der ein Zettel beruhigend knisterte, und einem Blick auf die weißen Segelwolken vor der großäugigen Sonne glättete es sich wieder.

Bruder Karl würde hoffentlich auch einiges übers Wäschewaschen wissen, und ansonsten vertraute Pastor Senftleben auf Gott. Seine Erfahrungen mit ihm waren bisher gut. So strampelte der Pastor aus dem Dorfe hinaus, vor sich die angerostete Lenkstange, hinter sich den schwippenden Hänger, der auf dem ländlichen Pflaster recht übermütige Sprünge ausführte. Zweimal unterbrach der Pastor sein atonales Pfeifen, einmal, als er die Mieme Junkert an der Pumpe gewahrte, und dann, als der Vater eines seiner aktivsten Frauenhilfsmitglieder, der alte Schrage, am Gartenzaun stand und die Bewegung des Geldzählens machte. Traugott Senftleben fiel ein, daß er dem Manne noch eine Kleinigkeit für eine Fuhre Mist schuldete, und er sah sich genötigt, vom Rade zu steigen und aus allen Taschen den Betrag von fünf Mark zusammenzusuchen. »Gesegneten guten Morgen!« wünschte Pastor Senftleben erleichtert und bestieg von neuem das Rad. Aus den Augenwinkeln bemerkte er, daß der alte Schrage darauf auf die Erde spuckte und ihm mißtrauisch nachsah. »Peinlich, peinlich«, murmelte

Traugott Senftleben zerknirscht. Ihm war eingefallen, daß der Alte nicht zu seinen Pfarrkindern gehörte.

Der Pastor hatte sich endlich die höchste Erhebung seines Sprengels erstrampelt. Nun ging es niederwärts. Bruder Karl wohnte außerhalb des Dorfes. Er war vor zwei Jahren mit einer jungen Frau und vier Kindern in das abgelegene, ziemlich vernachlässigte Haus gezogen, das vor dem Kriege einem Schinder gehört hatte. »Wo ist die Schinderei, Bruder?« hatte er einen Einheimischen beim Einzug ins Dorf gefragt. Der Zufall wollte es, daß der gleiche Mann ihm bald darauf die Kohlen brachte, und der Neue fragte ihn diesmal: »Kennen wir uns nicht, Bruder?« Seitdem hieß er im Dorf Bruder Karl. Seine Frau war dann später die Schwester Heiderose. Bruder Karl war freischaffender Journalist. Was er schrieb und wofür, war sein Geheimnis. Er verstand von allem etwas, so daß der alte Schrage, seines Zeichens Maurermeister, meinte, er habe etwas mit Architektur zu tun, und der Lehrer Glombke schwor, Bruder Karl müsse Physik studiert haben, denn über die Erzeugung von Schwefel, Soda und Plasma wisse er mehr als er, Glombke, selber. Und das war wohl so. Doch mochte Bruder Karl auch in allen sieben Wissenschaften beschlagen sein, von zwei Dingen hatte er keine Ahnung, nämlich von der Hauswirtschaft und von der Plackerei eines Dorfpastors. Daß er Mängel im ersten Fach aufwies, verzieh ihm Traugott Senftleben gerne. In dieser Hinsicht hatten sie einander nichts vorzuwerfen. Beide hatten sie dafür ihre Frauen, die da wuschen und kochten und gärtnerten und auf diese Weise »himmlische Rosen ins irdene Leben« flochten. Bruder Karls Frau tat das für ihren Mann mit besonderer Hingabe. Doch wer mochte es ihr verdenken, daß sie, wenn sie zuwege ging, Rosen zu flechten, manchmal nicht die Zeit hatte, alle Dornen von ihnen zu entfernen!

Bei vier Kindern konnte dergleichen schon vorkommen. Aber Dornen sind Dornen, und Bruder Karl verlangte dornenlose Rosen. Unumwunden gesprochen: Bruder Karl und seine Frau Heiderose hatten Schwierigkeiten miteinander. Die Pastorin – wie sie im Dorfe genannt wurde, obwohl sie gelernte Krankenschwester war – erfuhr das eines Tages in der Frauenhilfe und sprach darüber mit ihrem Mann. »Er kann nicht von ihr verlangen, daß sie um ihn herumspringt wie in den Honigjahren ihrer Ehe!« bemerkte sie energisch. »Natürlich, natürlich«, pflichtete Traugott Senftleben bei. »Sieh an! Und warum nicht?« fragte sie ihn wie einen unaufmerksamen Schüler und zog ihm lächelnd seinen Predigttext aus der Hand. »Ja, warum eigentlich nicht doch?« überlegte er. »Sieh dich an! Bist du mir nicht immer die gleiche ausdauernd beständige Frau geblieben?« Die Pastorin seufzte. »O Traugott! Wir hätten wie Heiderose fünf Kinder haben sollen!« Er hob beschwichtigend vier Finger in die Höhe. »Du übertreibst. Es sind nur vier!« »Bald werden es fünf sein«, widersprach sie. »Ihr Männer habt so wenig Augen für die Folgen.« »Das sage nicht!« protestierte er. »Schließlich, als du mit unserer Tochter gingst ...« »Wo werde ich das vergessen!« lachte sie, denn sie erinnerte sich, wie er am Morgen nach der Hochzeitsnacht behauptet hatte, ihr sei schon etwas anzusehen, monatelang behauptete er das, obwohl da gar nichts war und sie erst nach vier Ehejahren die Tochter bekam, die nun auch schon ein Kind hatte und das nächste in Kürze erwartete. »Fünf Kinder«, sagte die Pastorin mitfühlend, »und darin liegt wohl der Unterschied.« »Wofür?« Traugott Senftleben fand sich in den Gedankengängen seiner Frau oft nicht zurecht. »Für alles«, antwortete die Pastorin. »Für Bruder Karls Einstellung vor allem. Meinst du nicht?« »Du willst, ich sollte mit ihm reden?«

Er seufzte schwer, und obwohl sie ihn nicht ansah, fühlte sie seinen bettelnden Blick. Sie ging zum Tisch und blätterte in einem Kalender. »Sag schon, zu wann hast du mich vorgesehen?« »Bald«, sagte er und atmete auf. »Doch, doch, es ist besser, wenn du das in die Hand nimmst. Eine Frau darf einem Mann in solchen Dingen mehr sagen als ein Mann. Direktor. Du würdest mir einen Gefallen tun.« Sie sah ihn jetzt an, und er wurde unruhig. »Also wann?« fragte sie. »Sonnabend? Da treffe ich ihn sicher an.«

Er nickte und machte sich eine Notiz in ein schmales Buch. Er war ihr dankbar dafür, daß sie sich immer zu beherrschen wußte. »Wenn ich dich nicht hätte!« Sie nickte nur, als müsse sie sein Wort bestätigen, und ging in die Küche. Um sechzehn Uhr trank Traugott Senftleben seinen Kaffee. »Mein zweites Kind«, dachte sie in liebevoller Bitterkeit, »mein großes, nicht aus meinem Leibe geborenes Kind!« Die Pastorin konnte sich keinen ehrlicheren, gütigeren Mann vorstellen. Er liebte seinen Beruf, die Gemeinde und die Arbeit, die sie ihm brachte, und gewiß liebte er auch sie, seine Frau. Er war ein gefragter Prediger, des Wortes mächtig, aber er hatte einen Fehler, den sie auch mit all ihrer Liebe nicht übersehen konnte: Er hatte keinen engen Kontakt zu seinen Schäflein. Er wirkte viel lieber »aus der Ferne«. Seine Mittlerin war seine Frau. Dabei liebte er ohne Abstand auch die, die nie in seine Kirche kamen. Aber das blieb sozusagen im »Theoretischen«, sein Tätigkeitsfeld war in den Jahren mehr und mehr in die Studierstube gerückt. Die »Praxis«, wenn man es so nennen will, lag in den Händen seiner Frau. Eine wohleingespielte Arbeitsteilung, vor der er, soweit ihm das gelang, die Augen verschloß.

So war sie denn am Sonnabend, wie versprochen, zum Bruder Karl gegangen. Sie traf seine Frau hinter einer überquellenden Wanne an, bei dem Versuch, eine hüpfende Wäscheschleuder zu beruhigen. In der Lärmpause hörte man die »Schwarzenberg« schnurren. »Wo ist dein Mann?« fragte die Pastorin mit einem Blick auf die Wäscheberge. »Er studiert«, sagte Heiderose und blickte zur Decke hinauf. »Er hat die Kinder auf die Wiese geschickt. Wir sollen ihn nicht stören.« »Das ist nicht meine Absicht«, sagte die Pastorin mit Energie, »ich sag' ihm nur die Wache an!« Heiderose hielt den Kopf vorgebeugt und hörte, wie die Pastorin die Treppe hinaufstieg und dann eine Tür klappte. Seufzend schleppte sie zwei Eimer mit der geschleuderten Wäsche zur Wiese. Als sie zurückkam, vernahm sie aus dem Oberstock die kräftige Stimme der Pastorin. Dann schlug die Tür ins Schloß, und Heiderose sah die Freundin triumphierend die Treppe herunterkommen. »Mein Gott, was hast du für einen Zausel!« sagte die Pastorin aufgebracht. »Ein Egoist«, schimpfte sie, »ein Überpascha, wie er in keinem Buche steht.« Sie nahm Heiderose am Arm und zerrte sie in den Hauseingang. »In acht Wochen fährst du nach Taubenbrück, läßt hier alles stehen und liegen! Keine Widerrede! Unser Heim wird dir, hoffe ich, Kraft geben, diesen Klotz von Mann auszuhalten.« Die Pastorin verschwieg, daß sie in dieser Angelegenheit höheren Ortes seit langem schon vorgefühlt hatte. Von ihrem Eifer gepackt, setzte sie völlig unnötig hinzu: »Ich drück' das durch, und wenn ich selber zum Kreisoberpfarrer oder noch weiter muß.« Und sie schloß: »Dein lieber Karl weiß Bescheid!«

Pastor Senftleben lachte, als er ihren Bericht entgegennahm. Er konnte sich gut vorstellen, wie sie vor dem verwöhnten Mannsbild gestanden hatte, flammend wie ein Cherub, furchtlos wie Judith. Seine liebe Frau ließ sich von niemandem einschüchtern.

Eine Woche war vergangen. Pastor Senftleben hatte eben die Kirche abgeschlossen, da hörte er seinen Namen rufen. Aha, Bruder Karl! Das Gesicht des Pastors wurde ernst, und er blinzelte über die Straße, ob seine Frau hinter den Fenstern zu sehen war, aber die knetete jetzt gewiß Mürbeteig für den Kirchenchor am Abend. »Auf ein Wort, Pastor Senftleben!« sagte Bruder Karl, und auch er blinzelte zum Pastorenhause, wenn auch nicht sehnsüchtig. »Friede dem Friedfertigen, heißt es nicht so?« begann Bruder Karl. »Bergpredigt, Matthäus 5«, fiel der Pastor eifrig ein. Er begann sich auf sicherem Boden zu fühlen. Bruder Karl machte eine Handbewegung, als wolle er damit für alle Zeiten den Himmel von der Erde trennen. »Aber in mein Haus trägt man Unfrieden und Zwietracht, Herr Pastor! Und merkwürdigerweise kommt der Unfriede aus Ihrem Haus.« Er wies mit dem Kopfe zur Kirche und mit dem Daumen zum Pfarrhaus. Der Pastor schwieg bestürzt. Statt des sicheren Bodens sah er die ganz realen Pflastersteine der Dorfstraße. »Ich habe vier Kinder«, fuhr Bruder Karl lebhaft fort, »fast schon fünf. Und da soll meine Frau vierzehn Tage in ein Heim! Nicht ich schicke sie, sondern die Mutter Kirche. Gewiß wird die Mutter Kirche dann bedacht haben, was mit mir und den Kindern wird. Ich meine, wird sie Mutterstelle an uns vertreten, uns nähren und kleiden, für uns kochen und waschen und den Garten besorgen? Was denken Sie?« der Pastor zog die Schulter ein und sah fest auf die Pflastersteine, die staubig unter seinen Füßen lagen, denn es hatte seit langem nicht geregnet. »Mein Gott ..." hob er an, denn er wollte etwas Ungewisses sagen. »Ich wende mich aber an *Sie*«, betonte Bruder Karl, und dem Pastor schien es, als verzöge er dabei den Mund. »Entweder das Leben geht bei uns weiter wie gewohnt, oder mit dem Heim wird's nichts«, drohte

Bruder Karl. »Da wird schon Hilfe«, tröstete der Pastor, und er wünschte sich inständig auf die Kanzel, fort von den häßlichen, staubigen Straßensteinen, auf denen er mit Bruder Karl Aug in Auge stehen mußte. »Die Frauenhilfe zum Beispiel«, fiel ihm rechtzeitig ein. »Ich denke, daß in diesem Falle – o ja – ich bin mir sicher, daß dann die Frauenhilfe ohne weiteres einspringen wird.« »Und wer, bitte?« »Wie meinen?« »Ich meine, *wer* wird einspringen? Die Wahrheit, nicht wahr, ist konkret, und Ihre Frauen werden doch Namen haben?« »Gewiß doch, gewiß«, stammelte der Pastor und hob sinnierend die Schultern. Wie sollte er heute wissen, wer in ein paar Wochen die Arbeit im Hause von Bruder Karl verrichten wollte? So sah er denn in seiner Bedrängnis noch einmal zu seinem Hause hinüber und sagte entschlossen: »Im Notfall kommt meine Frau.«

Traugott Senftleben beichtete das der Pastorin. Sie hielt die Hand einen Augenblick wie segnend über dem Mürbeteig und sah ihren Mann starr an. »Traugott, Traugott! Wie denkst du dir das nun wieder?!« Er nahm sie in die Arme und gab ihr einen Kuß. »Ach was!« sagte er und leckte sich gutgelaunt die Lippen. »Ich kenne dich doch. Irgendwie wirst du das schon einrichten.« Die Pastorin atmete tief auf und schüttelte den Kopf.

So fuhr Heiderose nach Taubenbrück ins Heim, nachdem sie von den Kindern Abschied genommen hatte, als gälte es auf Lebenszeit. Die Pastorin hatte es fertiggebracht, die Frauenhilfe zur Arbeit beim Bruder Karl zu gewinnen. Täglich von sechzehn bis neunzehn Uhr. Nicht zu vergessen: Bruder Karl war ein Mann in den besten Jahren. Die Pastorin war für einen Sonnabend vorgesehen. Sie hatte sich vorgenommen, schon gleich nach dem Mittagessen bei Bruder Karl zu sein, um zu waschen und anschließend die Kinder zu baden. Aber wie das so ist: Der Mensch denkt, und Gott lenkt. Am Freitag zuvor, so gegen elf in der Frühe, klingelte das Telefon. Eine aufgeregte Männerstimme: »Mutter? Mutter, bist du's?« Das war Heinz, ihr Schwiegersohn. Er war schlecht zu verstehen und schien unendlich weit weg zu sein. »Sprich lauter!« schrie sie. »Ein Kind, ja? – Wie geht es? Wie geht es beiden?« Sie hörte, daß Mutter und Kind wohlauf waren. Ein Mädchen. »Mutter!« hörte sie ihren Schwiegersohn, »was ich dich fragen wollte ...« Es knackte im Apparat. Nichts mehr zu hören. Sie schlug den Hörer gegen die offene Hand. »Hallo, hallo!« »Da bist du ja wieder!« Die Stimme des Schwiegersohnes klang erleichtert. »Könntest du zu uns kommen? Noch heute? Geht das?« Sie hörte, wie angestrengt er atmete. »Du hast doch nichts vor?« fragte er besorgt. »Doch«, sagte sie. »Aber ich komme.«

Pastor Senftleben durchmaß aufgeregt die Stube, als er davon hörte. Am liebsten wäre er mitgefahren. Aber am Sonntag hatte er zwei Predigten zu halten, Montag war ein Begräbnis, Donnerstag Christenlehre und ... Traugott Senftleben zuckte zusammen. »Aber am Sonnabend wirst du doch sicher zurück sein, wie?« Sie steckte den Ausweis in die Handtasche. »Mein lieber Traugott, ich fürchte, das wird sich nicht einrichten lassen.« Er lächelte unsicher. »Aber du *mußt* ganz einfach!« Er sah sie ernst an und klagte: »Oder willst du mich im Stich lassen, nachdem du alles mit Bruder Karl eingerührt hast?!« »Ich hätte eingerührt?« wunderte sich die Pastorin. »Habe *ich* dem Bruder Karl Hilfe versprochen oder du?« »Gut, gut«, winkte er, »wir waren es beide. Du nachher und ich ein bißchen vorher.« Er sah sie bittend an. »Nun mach keine Hundchenaugen«, sagte die Pastorin forscher als ihr zumute war, und sie zog einen braunen Koffer vom Schrank. »Bis zum nächsten Freitag ist bei Bruder Karl alles organisiert, da brauchst du dich um nichts zu kümmern.« »Und Sonnabend? Was ist mit dem Sonnabend?« – »O Traugott! Frag halt die Erna Schrage, ob sie noch einmal einspringt!« »Kannst *du* sie nicht fragen?« bat er. »Ihr Frauen unter euch ...« Sie seufzte und sah nach der Uhr. »Das schaffe ich nicht mehr.« Er war verstimmt. Sie merkte es an seiner traurig herabhängenden Nase. »Komm schon, Traugott! Vielleicht bin ich bis dahin auch schon wieder zurück. Doch benachrichtige für alle Fälle jemanden! Besser ist besser.« »Gut«, maulte der Pastor unfroh und schrieb in sein Notizbuch: ›Schrage-E. oder jemand and. f. d. Sonnabend!???‹ Eine Stunde später war er allein.

Und es kam, wie es meist kommt, wenn weniger erfahrene Pastoren statt ihrer Ehehälfte mit Frauen verhandeln. Nicht nur von Erna Schrage erhielt er einen Korb. Die eine hatte Geburtstag, die andere erwartete Besuch, und bei einer dritten war der Mann dagegen.

So trug es sich also zu, daß Pastor Traugott Senftleben am besagten Sonnabend auf einem rostigen Damenrad saß und einen wannenbeladenen Hänger hinter sich herzog, um seine Frau zu vertreten. In der Nacht hatte er ein Stoßgebet um gutes Gelingen gesprochen, dann, nach einem Alptraum, in dem nasse Hemden und Pullover im Pfarrhaus ihr Unwesen trieben, war er aufgestanden und hatte sich aus einem Buche eine längere Waschanleitung für alle Fälle abgeschrieben. Nun, auf dem Rade, besann er sich guten Mutes darauf und auf seinen bewährten Vornamen.

Der Pastor traf Bruder Karl inmitten seiner Kinderschar im Hof, wie er aus einem Zehnlitertopf Kuchen verteilte. Als Karl den Radler erkannte, klappte er ein paarmal ungläubig mit den Lidern, bevor er auf ihn zuging. »Ich komme für meine Frau«, sagte der Pastor verlegen und räusperte sich. – »Sie?« fragte Bruder Karl erschrocken und suchte mit der freien Hand einen Stuhl, auf den er sich setzen konnte. Pastor Senftleben nickte tapfer. Er versuchte sogar zu lächeln. In Bruder Karls Augen war plötzlich ein Hoffnungsglimmern. »Dann kommt sie wohl etwas später?« Senftleben wedelte sachte mit der Hand, als wolle er gewisse Hirngespinste fortwischen, bevor sie Gestalt annahmen. »Leider nein. – Eben dafür bin ich ja gekommen«, setzte er mit einem Rest zusammengescharrter Unbekümmertheit hinzu. »Sie werden erleben, was Männer können, wenn sie mal ein paar Stunden auf sich gestellt sind! Wo ist die Waschküche?«

Bruder Karl stellte den Kuchentopf neben sich und erhob sich. »Sie wollen wirklich Wäsche waschen?« »Selbstverständlich«, sagte Pastor Senftleben. Er war jetzt so weit, daß er unbesehen die ausgeschriebene Stelle einer Waschfrau in irgendeinem Großbetrieb angenommen hätte. Eine Reaktion, die bei ihm immer dann eintrat, wenn hinter ihm keine Brücke mehr war. »Säumen wir also nicht. Wo haben Sie Ihre Waschmaschine?« fragte er und nahm mit einer Hand den Wäschekorb, mit der anderen die gelbe Wanne vom Radhänger. In der Waschküche ließ er sich die Steckdosen und Wasseranschlüsse zeigen. »Eine ›Schwarzenberg‹«, bemerkte Bruder Karl beiläufig und zeigte auf eine schon angerostete Maschine. Dann pfiff er aus dem Kellerfenster nach seinen Kindern. Sie sollten die Leibwäsche herunterbringen. Fast augenblicklich kam auch jemand. Es war Markus-Friedrich. Er hatte sich die Hosen naß gemacht und heulte. »Wie ihr mich nervt!« stöhnte Bruder Karl voller Selbstmitleid und griff sich an die Stirn. »Und eure Mutter sitzt im Heim!« Dann warf er Senftleben die feuchte Hose nebst einem anklagenden

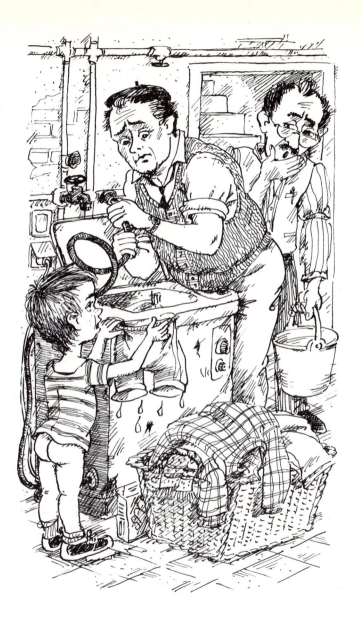

Blick zu. »Tun Sie's zu den übrigen!« Er wartete ab, bis Markus-Friedrich unbehost in die Oberwelt gestiegen war, um dem Pastor sein erbittertes Gesicht näherzuschieben. »Wenn ich gewußt hätte, worauf ich mich da einlasse …! Meine Heiderose wäre zu Hause geblieben, wo sie hingehört.« »Aber mir scheint, bisher hätte alles geklappt«, wunderte sich Pastor Senftleben und riß ein Paket Waschpulver auf. »Man drückt eine Ecke ein«, murrte Bruder Karl besserwisserisch. Der Pastor begriff nicht gleich. »Eine Ecke vom Paket natürlich«, erklärte Bruder Karl. »Man reißt nicht. Sehen Sie doch, wie das aussieht! Die Hälfte vom Pulver haben Sie verstreut!« »Entschuldigung«, murmelte der Pastor. Bruder Karl hob die Brauen. »Und da meinen Sie, hier würde alles klappen. Wenn Sie glauben, weil Sie mir jeden Tag eine andere Frau herschicken, die uns Essen macht und wischt und fegt, ein paar Teller und Tassen spült und den Kindern die Fingernägel schneidet, würde hier schon alles in Ordnung sein, dann sage ich Ihnen, lieber Pastor, das alles ist nicht *so* viel!« Er hob Daumen und Zeigefinger hoch, ohne einen Zwischenraum zu lassen. »Das Prinzip der Unordnung beginnt frühmorgens«, fuhr Bruder Karl grämlich fort. »Da kommt als erster Markus-Friedrich – Sie haben ihn kennengelernt – und schreit, er hätte Hunger. Davon werden die anderen wach und machen Spektakel. Heute morgen wieder. Und wissen Sie, wie spät es war?« »Keine Ahnung«, sagte der Pastor ehrlich. Er brauchte seine Aufmerksamkeit, um einen Meßbecher bis zum Rande mit klumpigem Pulver zu füllen. Bruder Karl blickte schnaufend zur Decke hinauf. »Um halb fünf!«

Ein Geheul erhob sich auf dem Hofe, ein großäugiges, feuchtes Schmutzgesicht zeigte sich im Kellerfenster und plärrte Unverständliches nach unten. »Ich komme!«

schrie Bruder Karl ungeduldig zurück und fast im gleichen Tonfall, diesmal zum Pastor gewandt: »Ich bin am Ende! Wenn Sie nichts dagegen haben: Ich gieß uns oben schon mal ein Bier ein!« Der Pastor hüstelte. Es konnte ebenso Zustimmung wie auch Ablehnung sein. »Ist was?« fragte Bruder Karl und wandte sich um. Der Pastor sah ihn fest an. »Wollen Sie, daß ich die Wäsche ... ich meine, soll ich sie gleich in die Maschine legen oder ...?« »Das müßten Sie meine Frau fragen!« sagte Bruder Karl eisig. Senftleben griff mit beiden Armen in den Wäschehaufen aus Hemden, Strümpfen, Bett- und Handtüchern und warf alles mit Schwung in die ›Schwarzenberg‹. »Und nun«, ließ sich Bruder Karl nochmals vernehmen, »lassen Sie endlich Wasser ein, Herr Pastor, und stellen Sie das Ding an, sonst werden Sie das Zeug noch bei Mondschein auf die Leine hängen.« Dem Pastor gefiel das Lächeln nicht, das diese Ratschläge begleitete. Kaum war die Tür hinter ihm zu, griff er sich ans Herz, über dem er in der Jackentasche die »Waschanleitung für alle Fälle« wußte. Eilig und dabei erst zur Tür, dann zum Fenster blickend, zog er zwei Büroklammern, einen Bleistiftstiftstummel und ein vierfach gefaltetes Taschentuch heraus, danach eine längst fällige Rechnung über Blumenschmuck zu Pfingsten und – dann nichts mehr. Die »Waschanleitung für alle Fälle« fehlte. Bestürzt untersuchte er der Reihe nach alle Taschen. Was er ans trübe Kellerlicht beförderte, war außer einer angerissenen Konsummarke ein wenig Kleingeld. Was hätte wohl jetzt an seiner Stelle seine liebe Frau getan? Leider hatte er nicht einmal zugesehen, wenn sie große Wäsche hatte. Schließlich aber sagte er sich, daß sich durch Nichtstun allemal nichts in Bewegung bringen lasse, selbst eine Waschmaschine nicht, und so stellte er seufzend die ›Schwarzenberg‹ an. Dabei fielen ihm einige Worte über gute Vorsätze und ihre Ausführbarkeit ein, die er für die sonntägliche Predigt verwenden wollte. Er nahm den Bleistiftstummel und fing an, auf der Rückseite der Rechnung ein paar Stichworte zu notieren.

Zwischen dem Rumpeln der Waschmaschine hörte er eine Frauenstimme leise seinen Namen rufen. Durch das Kellerfenster sah er, wie Erna Schrage ihr Fahrrad an die Hauswand schob. »Ich muß gleich wieder weg!« rief sie dem Pastor zu, dessen Erleichterung bei ihren Worten augenblicks schwand. »Ich bin es Ihrer Frau schuldig, wenigstens nach Ihnen zu sehen.« Sie stieg die Kellertreppe herab und ließ die Augen wandern. Schließlich öffnete sie den Deckel der Waschmaschine und schrak heftig zusammen. »Herr des Himmels!« stieß sie hervor, griff hastig nach einem Holzstock und begann in fliegender Hast die Wäsche herauszuschaufeln. »Ja, was ist denn nur ...? Was habe ich ...?« fragte erschrocken der Pastor. Aber Erna Schrage hatte keine Zeit zu einer Antwort. Dafür erscholl Bruder Karls Stimme, die dem Pastor verkündete, daß er mit dem Biereinschenken fertig sei und er auf ihn warte. »Gehen Sie zu ihm, bevor er herunterkommt und das Malheur sieht! Gehen Sie schon!« rief sie, krebsrot im Gesicht. Und da Bruder Karls Schritte auf der Treppe zu hören waren, drängte sie den Pastor zur Türe hinaus.

Bruder Karl empfing ihn, ein Glas in der Hand, und zeigte sich heiter. »Na endlich, Bruder! Waschen Sie da unten mit der Hand?« Er grinste fatal und reichte Pastor Senftleben ein gefülltes Bierglas. »Wissen Sie, daß wir beide uns sehr ähnlich sind?« fragte er ihn in der Stube. Der Pastor hielt den Kopf schief und lauschte, ob er die Waschmaschine rumpeln hörte. Es war nichts zu vernehmen. Bruder Karl fuhr fort: »Beide sind wir in einem Alter. Die paar Jährchen, die ich jünger bin, machen den

Kohl nicht fett.« Der Pastor nickte abwesend. Sein Gegenüber hielt sein Glas hoch und trank ihm zu. »Aber in anderen Qualitäten gleichen wir uns weit mehr!« »Ach«, sagte Senftleben spitz, »sind Sie auch Pastor?« Bruder Karl lachte. »Schön wär's! Sieben Tage in der Woche Urlaub bis auf die Stunde sonntags, wo man seine Predigt hält.« Der Pastor winkte schwach. Gedankengänge dieser Art waren ihm nicht neu. Es lohnte nicht, darauf einzugehen. Außerdem war jetzt wieder das Brummen der Maschine aus dem Keller zu hören, und das stimmte ihn Bruder Karl gegenüber friedlich. »Und weiter?« fragte er nach einem tiefen Schluck aus dem Glase. »Die Seelenverwandtschaft ist, was zählt!« verriet Bruder Karl. »Wir sind uns darin gleich wie zwei rechte Schuhe.« Pastor Senftleben bewegte protestierend den Kopf. Der Vergleich mit Schuhen machte ihn seinem Gastgeber keinesfalls ähnlicher. Bruder Karl lächelte nachsichtig, wobei er die leeren Gläser füllte. »Machen wir uns doch nichts vor, lieber Pastor! Ich bin ganz wie Sie weder Praktiker noch Bewegungsfanatiker. Zudem lieben wir beide Alltagsprobleme nicht, es sei, sie sind theoretischer Natur.« Senftleben seufzte leidend. Bruder Karl winkte ab. »Nicht doch! Kopf hoch, Bruder! Was soll's? Jedermann im Dorf hier weiß Bescheid, daß Sie ebenso wie ich fürs Praktische nun mal die Frau haben.« »Aber, aber«, stotterte der Pastor. Daß jemand seine Tätigkeit so sehen könnte, war ihm nie in den Sinn gekommen. Er sah verstohlen auf seine Hände. »Machen Sie sich nichts daraus«, versuchte Bruder Karl ihn zu beruhigen. »Ich sage mir, es muß auch Männer geben, ›Vordenker‹ nenne ich sie, die Theorien für die anderen entwickeln, die den Praktikern ihre Wege weisen, das Rechte zu tun. Dazu gehören wir, Sie auf Ihrem Feld, ich ... nun ja ... auf meinem.« Senftleben wußte nicht recht, war das Ernst oder ... Er hob auf alle Fälle abwehrend die Hände. Bruder Karl stierte ihn über das Glas hinweg an. »Soll ich Ihnen etwas sagen?« Er senkte die Stimme. »Im Vertrauen: Was mich betrifft, ich habe es auch nicht wahrhaben wollen, als mich jemand über mich aufklärte. Ich kam mir danach unvollständig vor, wie ein halber Mensch. Aber um leben zu können, Bruder, muß ein Mann einen Stolz haben. Ich entwickelte meine Theorie über die Praktiker und die Denker, die Sie in den Grundzügen eben von mir gehört haben. Und ich gebe zu, Sie haben mir dabei sehr geholfen!« »Ich?« fragte der Pastor erschüttert. »Niemand schafft etwas wirklich ganz allein«, bekannte Bruder Karl bescheiden. »Du warst mir mehr als einmal ein Vorbild. Ich darf doch du zu dir sagen?« »Entschuldigen Sie«, murmelte der Pastor. Er wollte zurück zur Wäsche und stand etwas unsicher auf. Auch Bruder Karl erhob sich schwerfällig. »Pharisäer und Schriftgelehrter!« sagte er listig grinsend. »Glaub mir, keiner kann aus seiner Haut, Bruder! Ich habe dich durchschaut! Laß dir von mir sagen, daß niemand, der sich in der Hausarbeit theoretisch ein wenig auskennt, Handtücher und Leibwäsche und Socken in einen Waschgang gibt.« »Lassen Sie mich!« schnaufte der Pastor. »Es ist leicht, aus der Bibel zu predigen!« rief ihm Bruder Karl nach. »Aber tun?! Wenn *du* es nicht mal kannst, Pastor, ...!«

Mit weichen Knien kletterte der Pastor in den Keller. In der Wanne schwamm Leibwäsche, in der ›Schwarzenberg‹ strudelte das Bettzeug. »Gute Schrage-Erna!« flüsterte der Pastor dankbar und nahm sich vor, ihre Tat in den Predigttext einzufügen. Er schob einen Eimer heran. Da hing, von einer Wäschezange gehalten, seine »Waschanleitung für alle Fälle«, und darunter stand mit Bleistift gekritzelt: »Synthetiks kocht man nicht! Bettwäsche muß noch geschleudert werden!« Ein echtes Wunder! dachte Pastor Senftleben glücklich. Dann riß er die Waschkellertür auf, holte tief Luft und rief mit Donnerstimme, so daß die Kinder draußen eine Weile aufhörten, Krach zu machen: »Bruder Karl! *Wir schleudern!*«

Der Rest ist kurz erzählt. Bruder Karl hielt an jenem denkwürdigen Tage weit über zwei Stunden die hüpfende Schleuder, wobei sein trüber Blick oftmals den rührigen Pastor streifte. Als die beiden in der Dämmerung einträchtig die trockene Wäsche von der Leine nahmen, soll Bruder Karl seine schmerzenden Arme gestrichen und mit grämlicher Verwunderung gesagt haben: »Ich sehe, daß Sie nicht nur mit Ihrer Zunge predigen können.« Verbürgt ist das nicht, denn Pastor Senftleben hat davon nie etwas erwähnt. Aus dem ihm eigenen Taktgefühl, wie die Frauenhilfe meinte. Wie auch immer, nachdem Heiderose von der Kur zurückgekehrt war, stand in ihrem Keller ein neuer Waschautomat mit Schleuder. Pastor Senftleben aber holte seine Frau einen Tag nach der pastoralen Solidaritätsaktion mit einem Riesenstrauß roter Dahlien vom Bahnhof ab, und die Pastorin dachte verwundert: Wahrhaftig, es ist so. Man sollte die Männer hin und wieder sich selbst überlassen.

Der Tunichtgut

Wenn du – es könnte ja sein – in nächster Zeit Pastor Senftleben besuchen solltest und in sein Arbeitszimmer kommst, dann sieh dir einmal unauffällig die Stelle an, wo jenes schmale Ölgemälde hängt, auf dem nur eine Kirche mit zwei Türmen und ein paar dörfliche Häuser zu besichtigen sind. Ich beschreibe dir das Gemälde nicht deshalb, weil es in dieser Geschichte eine Rolle spielen wird. Es wird nicht einmal erwähnt werden; trotzdem ist wichtig, es vorzustellen, weil du nämlich genau darüber eine dunklere Stelle in der Tapete entdecken wirst. Und solltest du auf den Gedanken kommen, das Bild mit den Türmen und den dörflichen Häusern ein wenig beiseite zu schieben, so kannst du feststellen, daß früher wohl ein länglicher Gegenstand dort gehangen hat und das Bild nur den Zweck erfüllt, die dunkle Stelle zu verdecken, die merkwürdigerweise nicht beseitigt wurde, obwohl die Wohnung inzwischen tapeziert worden ist. Der Pastor will es so. Aber alles der Reihe nach!

Als Traugott Senftleben eines Tages zu ungewohnt später Stunde aus der Kreisstadt heimgekehrt war, empfing ihn seine Frau mit allen Anzeichen der Ungeduld: »Traugott, es ist etwas passiert!« »Mir auch!« winkte er müde ab, ließ sich auf einem Küchenstuhl nieder und fing an, ihr darzulegen, daß er das Auto in der Stadt habe stehenlassen müssen. Die Lichtmaschine sei ausgefallen, aber vor allem habe man in der Werkstatt befunden, daß da gewisse Teile, irgendwelche »Köpfe«, abgenutzt seien. Er tat einen langen Seufzer, als er aus den Schuhen fuhr, und erklärte: »Ich habe mich beim Kreisoberpfarrer aufgehalten. Der Altertümler hat mir mal wieder seinen hochbetagten Hausrat gezeigt, all die Uhren, Tassen,

Schränke und Truhen, so lange, bis ich den Bus verpaßt habe. Ich mußte die sechzehn Kilometer zu Fuß zurücklegen!«

Sie schlug wie in stillem Erbarmen die Hände zusammen, doch hatte Senftleben den Eindruck, daß sie ihm nicht recht zugehört hatte. Ohne die Hände auseinanderzunehmen, teilte sie mit: »Erschrick nicht, Traugott, wir haben einen Dieb im Haus!« Er erschrak trotz der Warnung und sah seine Frau aus runden Augen an. »Was sagst du da?« »Ja, einen Dieb!« wiederholte sie, das letzte Wort stärker betonend. »Und ich würde mich gelassener geben, wenn er das halbe Dutzend silberner Kaffeelöffel, das ich noch besitze, mitgenommen hätte.« Senftleben stand schon wieder in einem Schuh. Er wußte, wie sehr seine Frau an den Löffeln hing. Sie bildeten den Rest eines Patengeschenks, von dem sie sich wohl auch in den nächsten zehn oder zwanzig Jahren nicht trennen würde. Um wieviel kostbarer mußte das sein, was der Dieb mitgenommen hatte!

Er hatte jetzt den zweiten Schuh angezogen. »Was ist es?« wollte er wissen. »Deine Wanduhr«, sagte sie, »der alte Regulator.«

Sie hatte recht, auch ihn hätte es weniger getroffen, wenn die sechs Löffel verschwunden wären. An der Uhr hing er wirklich. Sie war ein Geschenk der alten Grete Schöne, Gott hab' sie selig. Das erste Geschenk und das letzte, das er angenommen hatte, wenn er eine Tüte Eier oder eine Kanne Wurstsuppe zur Schlachtezeit nicht zählte. Das war noch zu einer Zeit gewesen, als in den Fleischläden kein Fleisch und in den Uhrenläden keine Uhren zu sehen waren. Grete Schöne hatte nicht viel mehr an Luxus als diese Uhr gehabt, und als sie Haushälterin bei ihm wurde und in sein erstes Pfarrhaus einzog, brachte sie den Regulator mit, und er war froh darüber, denn ab dieser Zeit hatte er begründete Hoffnung, die Predigt nicht mehr zu verschlafen. Als Grete Schöne kurz vor dem Umzug in dieses Pfarrhaus zum Sterben kam, schenkte sie ihm die Uhr, und ihm war immer, wenn sein Blick auf ihn fiel, als sei ihm die treue, liebe Person gegenwärtig.

Als Senftleben sein Arbeitszimmer betrat, galt sein erster Blick der Stelle an der Wand, an der noch am Morgen die Uhr gehangen hatte. Irgendwer war noch in der Stube, saß schmal und steif auf dem Sofa, und Senftleben nickte ihm zerstreut zu, ohne ihn weiter zu beachten. Er starrte eine Weile auf die leere Stelle, strich über sie, als wolle er ein Nichtvorhandensein durch einen anderen Sinn nachprüfen, und drehte sich dann schnell um. Dabei sah er die Gestalt auf dem Sofa wieder. Es war ein halbwüchsiger Junge, der unter einer ledernen Trapperjacke eines seiner breitgesäumten Nachthemden trug. Auf sein verschieden langes Fransenhaar schien das noch feuchte Aquarell einer Frühlingslandschaft gefallen zu sein. Strähnen von Giftgrün, Zinnoberrot und Himmelblau prangten auf dem schmalen Schopfe wie die künstlichen Blumenbuketts weiland auf den Sommerhüten unserer Großmütter. »Wer ist das?« fragte Senftleben erschrokken. Der Junge neigte den Kopf. Sollte es eine spöttische Verbeugung sein, oder wollte er ein Lächeln verbergen? Und die Pastorin sagte wie beiläufig: »Nun, das ist er.« »Wer?« fragte der Pastor ungeduldig. Worauf sie den Arm hob und mit dem Finger auf die kahle Stelle an der Wand deutete. »Du willst damit sagen«, ... Senftleben stotterte beinahe, »du willst mir zu verstehen geben, dieser hier ist der Dieb?« Der Junge hob beschwichtigend die Hand und rückte mit einem Wehlaut zur Seite. Senftleben bemerkte erst jetzt, daß der Fuß des Jungen mit einer Binde umwickelt war.

»Momentchen, Chef!« ließ er hören und blies demonstrativ auf seinen Fuß. »Ick habe Ihren Säger nicht abgestaubt, *ick* nicht!« Senftleben sah seine Frau irritiert an. »Es waren zwei«, bemerkte sie. »Der mit der Uhr ist auf und davon. Ich habe ihn nur noch von hinten sehen können. Unser junger Freund hier sprang aus dem Küchenfenster, als er mich kommen sah. Er hatte die Silberlöffel.« Der Junge machte auf Charme und grinste den Pastor an. »Künstlerpech, Chef.« Senftleben überhörte es und deutete auf den Fuß. »Gebrochen?« »Ihre Madam sagt, alles okay. No broken, yes? Würd' mir irre auf die Ketten gehen, wenn ...!« »Wie?« fragte der Pastor verwirrt. »Mann, ick sag', daß ich echt keinen Bock drauf hab', mich im Hosspittel anmachen zu lassen!« «Großer Gott«, stöhnte Senftleben laut. »Wo kommt der her? Los Angeles, Chicago?« Der Junge wrang eine Kompresse aus und machte ein hochnäsiges Gesicht. »Ich meine, nicht gar so weit«, vermutete die Pastorin lächelnd. »Eher Potsdam, Berliner Raum, Brandenburg. Was nutzt uns das?« Der Junge kicherte. »Madam hat recht«, gab er höflich Bescheid. Seine gute Laune schien zurückzukehren. »Auch wenn Sie wüßten, ick wär' aus Chicago, Chef, glauben Sie mir, Sie hätten 'ne Niete gebongt! Chicago is urst groß. Brandenburg ist groß und Potsdam is auch keine Suppenschüssel.« Traugott Senftleben hatte das Gefühl, ihm unbedingt antworten zu müssen. Aber er wußte nicht recht, was. So sagte er, und es sollte lässig klingen: »Ich brauche nur die Polizei zu holen.« »Diesen Weg hat dir die Mieme Junkert schon abgenommen«, fiel die Pastorin ein (in Senftlebens Dorf hatte sich die alte Anrede »Mieme« für »Muhme« erhalten). »Sie war es, die die beiden Jungen bei uns hat einsteigen sehen. Übrigens ist sie überzeugt, daß sich dieser hier im Pfarrhaus noch versteckt hält.« Der Junge hob lauernd den Kopf. »Darauf fahr' ick nicht ab«, sagte er ungläubig lächelnd. »Darauf kannst du getrost abfahren«, versicherte die Pastorin sarkastisch. Der Junge schob die Oberlippe zwischen die Zähne und sah sich im Zimmer um. »Und Sie fürchten dabei nicht das jüngste Gericht?« Das letzte Wort sprach er wie »Gerücht« aus, und der Pastor sah, daß der Junge zum erstenmal wütend geworden war. »Was ihr den geringsten Brüdern ...« zitierte er. »Bekannt, eh? Ihr wollt mich doch nicht abklappen lassen, ha? Weil: Ick bin einer davon; ick meine, ick bin ein geringer Bruder. Okay, macht mir doch nichts aus! Aber ...« Er suchte nach einem Wort, vermutlich nach einem englischen. »Herrschaften, Leute wie Ihr, werdet mich doch nicht hoppnehmen lassen! Clear?« fragte er und sah von einem zum anderen. »Clear, klar«, hüstelte der Pastor und blickte herausfordernd zu seiner Frau hinüber. Die verbiß sich ein Lächeln. Der Junge nickte befriedigt und legte sich eine neue Kompresse auf den Fuß. »Ick hab's doch gewußt«, sagte er. Dann fragte er unvermittelt: »Habt Ihr 'ne Lulle für mich?« Da er sah, daß Senftleben wieder nicht verstand, legte er Zeige- und Mittelfinger zusammen und führte sie zum Mund. »Hier raucht niemand«, donnerte der Pastor jetzt ernstlich ergrimmt.

Er flüchtete in die Küche und wartete, bis seine Frau ihn eingeholt hatte. »Wie lange wird es dauern?« stieß er hervor. Sie griff nach einem Tuch und wischte über den Tisch, auf dem kein Krümchen zu sehen war. »Wir sollten Geduld haben, Traugott, gerade wir. Und Liebe«, fügte sie mit einem leisen Seufzer hinzu. »O nein!« brauste er auf. »Das ist wohl etwas viel verlangt. Der barmherzige Samariter der Bibel war nicht selbst unter die Räuber und

Diebe gefallen, er hatte leicht lieben!« Er senkte vor ihr den Blick. »Vielleicht wenn er die Uhr hätte zurücklassen müssen wie die Kaffeelöffel! Auch ist an ihm kein Zeichen der Reue. Er ist ein Dieb und Schlimmeres und wird es bleiben. Sieh ihn dir nur an! Er ist von Grund auf verdorben.« Er verharrte eine Weile, vor sich hinbrütend, auf dem Stuhl und stand plötzlich auf. »Wohin willst du, Traugott?« wollte sie wissen. »Vielleicht hast du recht«, sprach er, »vielleicht ist er so schlimm noch nicht und sagt uns, wo die Uhr geblieben ist.«

Als er in seine Arbeitsstube trat, schlief der Junge, oder er tat so. Senftleben setzte sich auf einen Stuhl in der Nähe des Sofas und betrachtete ihn. Der da mit halbgeöffnetem Mund an einem prallgefüllten Kissen lehnte, mochte siebzehn Jahre alt sein und hatte durchaus nichts, was ihn in den Augen der meisten als Kriminellen ausgewiesen hätte, sah man einmal von seiner Regenbogenfrisur ab, der wildledernen Trapperjacke und einer Tätowierung, die Senftleben am Handgelenk wahrnahm, einer schlampig ausgeführten Arbeit, die einen versiegelten Brief darstellte. Der Pastor beugte sich darüber, um das Machwerk näher zu betrachten, als der Junge ruckartig die Augen aufriß. Sie waren völlig klar, und Senftleben wußte nun, daß der Bursche sich nur schlafend gestellt hatte.

»Wie heißt du?« fragte er ihn. Der Junge bewegte den Kopf und grinste, gab aber keine Antwort. »Alsdann«, bemerkte der Pastor, »werde ich dich nennen, als was ich dich kennengelernt habe. Ich werde dich Dieb nennen.« »Okay«, sagte der Junge, ohne sein Grinsen zu verlieren. »Bin neugierig, wie lange Sie das durchhalten.« Ehrlich gesagt, ich auch, dachte Traugott Senftleben schmerzlich. Er kannte sein cholerisches Temperament. Aber um den Jungen einzuschüchtern, versicherte er: »Da kennst du mich schlecht! Ich mag meine Fehler haben, aber jäh ist bei mir ja, und nein ist nein, und die Wahrheit nenne ich noch immer beim Namen.« »Logo und amen«, grinste der Junge noch breiter, »ich meine – als Pfarrer!« »Red kein Blech!« versuchte Senftleben, sich auf ihn einzustellen. »Ich will die Uhr wiederhaben, sag das deinem Freund!« Der Junge sah ihn einen Augenblick überrascht an und deutete dann auf seinen Fuß. »Da bewegt sich nichts, Chef. Er dort, ich hier! Und wenn! Ist 'n irrer Typ, ehrlich! Ich sag's, wie es ist; was der einmal hat, das hat er, palletto?« Senftlebens Blick wanderte wieder zu der kahlen Stelle an der Wand. »Und wenn ich ...« Er biß sich auf die Lippen. »Ja?« fragte der Junge neugierig. Der Pastor warf ärgerlich den Kopf zurück. »Ach, nichts.« »Sie meinen, wenn Sie blechen? Und wieviel?« »Hundert!« Der Pastor holte tief Luft und bereute. »Vielleicht!« Der Junge lachte, zuckte zusammen und griff sich erneut ans Bein. »Chef, für hundert Piepen rückt der nicht mal die Spitze vom kleinen Zeiger raus, glauben Sie mir!« Der Pastor glaubte ihm und erhob sich. »Momentchen, please!« rief der Junge, als sich Senftleben zur Tür bewegte. »Hab' ich nicht recht gehabt, als ich sagte, Sie halten nicht durch?« Traugott Senftleben überlegte einen Augenblick, was der Junge gemeint haben könnte, dann fiel es ihm ein. »Dieb und dreimal Dieb!« sagte er und drückte die Tür hinter sich ins Schloß. Er hörte hinter sich den Jungen lachen. »Holy fool! Alter heiliger Narr!«

In der Küche stand die Pastorin und briet Plinsen. Senftleben steckte einen Finger in den Brei und kostete. »Diese Sprache!« entrüstete er sich, während er den Teig nochmals probierte. »Es ist kein Deutsch, denn dann würde ich ihn nicht nur halb verstehen, aber auch kein Englisch, denn dann würde ich ihn gar nicht verstehen. Ich erinnere mich eines Missionars, den ich in meiner Studentenzeit kennengelernt habe. Er erzählte mir, daß die Engländer in Afrika die Landessprachen in ähnlicher Art verhunzt haben. Auch bei uns scheint so etwas zu entstehen, eine Sorte Pidgin-Deutsch, eine Kolonialsprache. Hölderlin würde sich im Grabe umdrehen, aber mir, der ich es als Lebender erfahre, mir macht es eine Gänsehaut!« »Du wirst sie eine Weile ertragen müssen«, sagte sie und klopfte ihm auf die Finger.

Eben in diesem Augenblick klappte unten die Hoftür, und die tiefe Stimme der Mieme Junkert dröhnte herauf: »Da siehst du, was du siehst, Wachtmeister, das Fenster ist hin!« Ein Männermurmeln, dann wieder die tiefe Frauenstimme: »Aber ich sage dir, es waren ihrer zwei, und nur einen hab' ich herauskommen sehen!« Die Pastorin guckte hinter der Gardine hervor und fuhr sofort wieder zurück. »Sie kann es nicht lassen, ihre Nase unter jedes Häuserdach zu stecken«, sagte sie ärgerlich. »Was hat mein ganzes Reden bei ihr genützt? Nichts!« »Und was machen wir jetzt?« fragte Senftleben ratlos. Die Pastorin wurde einer Antwort enthoben, denn an der Haustür klingelte es, dann wurde heftig geklopft, schließlich dröhnte die Stimme der alten Junkert durch den Hausflur: »Herr Pastor, Herr Pastor, nu wird's ganze Haus durchsucht!« »Das würde ihr passen!« flüsterte die Pastorin energisch und schob ihren Mann aus der Küche. »Du siehst nach dem Jungen, ich gehe hinunter!«

Während Senftleben nach oben stieg, hörte er seine Frau mit der alten Junkert verhandeln. Sie schien durch das mäßigende Murmeln des Ortspolizisten unterstützt zu werden. Dennoch drangen die Stimmen näher und näher. Auch der Junge mußte sie hören, selbst wenn er geschlafen haben sollte. Vielleicht lag er, das Federbett über sich, und barmte, daß man ihn nicht finde. Traugott Senftleben konnte sich in seine Lage hineinversetzen. Dunkle Kindheitserinnerungen stiegen auf, die er vergessen geglaubt hatte. Wie oft hatte er sich, als er ein Junge war, versteckt. Vor Mutter und Vater, beim Spiel auf der Straße. Meist aus Neckerei. Und dennoch, je näher ihm die Suchenden kamen, um so mehr gewann ein Gefühl überhand, es sei kein Spaß mehr, es sei Ernst, und sein Herz klopfte stärker, und er begann sich zu fürchten. Aber diese Furcht war geringer als die Angst, die er gespürt hatte, als er sich vor seiner Klasse versteckt hielt, die ihn verprügeln wollte, weil sie seinetwegen einmal nachsitzen mußte. Er hatte hinter einer Haustür gestanden, und sein Herz wäre aus Angst fast zersprungen, als einer seiner Verfolger die Tür öffnete. Aber er ging wieder, obwohl er ihn gesehen hatte.

Traugott Senftleben war an seinem Arbeitszimmer angekommen. Der Schlüssel steckte von außen im Schloß. Er drehte ihn zweimal herum und warf ihn auf die Fensterbank hinter die Blumentöpfe. Lärm von unten riß ihn aus seinem Sinnen. Dort trotzte seine Frau der alten Junkert, der sie Stufe um Stufe weichen mußte. »Sie hat vom Fleischerladen aus alles beobachtet«, sagte sie achselzuckend zu ihrem Mann. »Zwei halbstarke Mannspersonen!« bestätigte die Mieme laut und eroberte sich mit einem kraftvollen Ruck ihres mächtigen Körpers eine weitere Stufe. »Diebsgesindel und Mörder, und einer muß noch hierinnen sein!« »Aber was ereifern Sie sich, gute Frau!« kam ihr Senftleben entgegen, doch die alte Junkert rief: »Ich werd' doch wissen, was ich gesehen habe! Zwei waren's, und der fort ist, hat was unterm Arm gehabt, und bei meiner Seele, der andere ist noch hier!« »Meine Liebe!« Traugott Senftleben versuchte es diesmal mit galanter Beschwichtigung und stellte sich schützend auf die letzte Stufe. »Ich bin der festen Überzeugung, Sie werden auch hier oben keinen Dieb finden!« Dieser Überzeugung war er wirklich, und er nickte seiner Frau beruhigend zu. Plötzlich zuckten sie zusammen. Auf dem

Gang hatte eine Tür geklappt. »Ei, so hör doch,« schrie die alte Junkert, »da läuft doch einer!« Traugott Senftleben war es auch so. Alle lauschten. »Unmöglich!« sagte der Pastor bestimmt und schüttelte, zu seiner Frau gewandt, den Kopf. Er wußte den Jungen hinter der zweifach verschlossenen Tür so sicher wie in Abrahams Schoß. Jemand seufzte, und es war gewiß nicht die alte Junkert. Ihre Leidenschaft, auf der Seite des Rechts zu stehen, hatte durch das Geräusch neue Kraft erhalten, und sie ließ auf die erlahmenden Arme der Pastorin ihr ganzes Gewicht wirken. »Also gut«, sagte Senftleben, seines Triumphes sicher, und gab die Treppe frei. »Sehen Sie selbst nach, wenn es Sie beruhigt, und sollten Sie ihn finden, lassen Sie es wissen.« Er umfaßte seine Frau und stieg mit ihr die Treppe hinab.

Ein markerschütternder Schrei ließ sie herumfahren.

Offenen Mundes starrte ihnen die alte Junkert entgegen, während einer ihrer Arme mit ausgestrecktem Zeigefinger hinterwärts auf den Gang wies. Sie stürzten nach oben und sahen vor der letzten Tür im Gang den Jungen, der bemüht war, in das Arbeitszimmer des Pastors zu entschwinden. »Wer ist das!?« wollte die Mieme wissen. Die unverkennbare Genugtuung in ihrer Stimme ließ erkennen, daß ihre Frage rein rhetorischer Art war. Doch nicht für den Jungen. Der, vielleicht weil er einsah, daß durch doppelt verschlossene Türen nicht gut zu gehen war, wandte sich lächelnd der alten Junkert zu und sagte: »Ick bin der Neffe.« Die alte Junkert schielte mißtrauisch zur Pastorin, dann zu Senftleben. »Sie haben einen Neffen?« Der zögerte mit der Antwort. »Aber ja doch, freilich«, sprang die Pastorin ein. Sie hatte tatsächlich einen. »Er sieht aber aus wie der Tunichtgut, den ich hier habe reinkommen sehen!« argwöhnte die Mieme. »Totaler Treffer!« lobte der Junge. »Was glauben Sie denn,

Tante, wer's gewesen war?« »Ja, wer?« wollte sie wissen. »Na, ick!« Er lachte, und sie wurde wütend. »Mich macht ihr doch nicht dumm, ihr Jungschen!« prophezeite sie. »Und das Fenster? Das hast du wohl auch eingehauen, was?« »Wahnsinn!« sagte der Junge begeistert und hob schwärmerisch die Augen. »Schon wieder 'n Schuß ins Schwarze. Stimmt, das war ick auch.« Die alte Junkert holte zu schwerer Attacke Atem, aber der Junge kam ihr zuvor. »Stellen sie sich mal vor, Tante, Sie kriegen von ihrer Verwandtschaft investation, und völlig high heben Sie ab, ich meine, voller emotion, okay? Und im Einlauf sehen Sie, mit 'ner Bleibe und so ist's Sense. Ich war total so was von sauer! Das müssen Sie doch verstehen; eh' ick abnibble, schmeiß ick doch lieber ein Fenster ein!« Die Mieme bewegte leise den Kiefer. »Woher ist der denn?« wollte sie wissen. Und weil niemand antwortete, wandte sie sich an den Jungen. »Kommen Sie aus 'm Ausland?« »Logo!« nickte der Junge. Auch die alte Junkert nickte. Jetzt schien alles klar zu sein. Aber etwas beschäftigte sie noch, denn im Hausflur wollte sie von den Pastors wissen: »Wo liegt denn das, was er gesagt hat? Dieses Logo? Am Bodensee?« Sie hatte auf der Schweizer Seite Verwandte. »Nichts für ungut«, bat sie kurz vor der Haustür. »Das sagen Sie auch dem Neffen! Wie heißt er denn eigentlich?« Da war sie, die Frage, die der Pastor die ganze Zeit befürchtet hatte, eine Frage, die er nur durch eine Unwahrheit würde beantworten können. Verständlicherweise sträubte er sich dagegen, und ein Blick auf seine Frau zeigte ihm, daß es auch ihr schwerfiel. Er sah, daß Mieme Junkerts Augen wieder schmal vor Mißtrauen wurden, und es erschien ihm ehrlicher, schnell und entschieden selbst zu lügen, als durch längeres Schweigen seine Frau dazu zu veranlassen. Aber wie das im Leben manchmal so ist, wenn sich zwei Menschen jahrelang kennen, die Pastorin hatte zur selben Zeit das gleiche gedacht wie ihr Mann, und so kam es, daß sie zur gleichen Zeit antworteten. Er nannte seinen »Neffen« Dieter, während sie der Meinung war, daß er Hans heiße. Die alte Junkert bekam noch engere Augen, und die Falten auf der Stirn vertieften sich bedrohlich. »Er hat einen Doppelnamen«, erklärte die Pastorin ruhig, bevor die Mieme ihrem Zweifel weiteren Ausdruck verleihen konnte. Die Frau blickte dem Pastor und seiner Frau noch einmal prüfend ins Auge. »Sehr gelegen scheint er Ihnen aber nicht zu kommen?!« »Das fürwahr nicht«, kommentierte Senftleben ehrlich, und seine Frau hustete dazu. »Nichts für ungut!« brummte die Mieme. Ganz war ihr Mißtrauen noch immer nicht geschwunden. Aber sie zeigte doch innere Teilnahme: »Vielleicht bleibt er nicht lange, Ihr Neffe.«

Senftleben schloß hinter ihr die Tür. »Wir wollen es hoffen«, seufzte er, griff an seinen schmerzenden Kopf und eilte, weil er den Jungen noch immer vor der verschlossenen Tür wußte, nach oben. Der hatte den kranken Fuß angehoben und empfing ihn mit den Worten: »Compri, lieber Onkel. Hab alles gehört. Danke.« Er verzog das Gesicht, als ihm der Pastor zurück aufs Sofa half. »Sie haben abgeschlossen, während ich im Badezimmer war«, erklärte er. Senftleben fiel es auf, daß der Junge zum ersten Male seine Muttersprache gebrauchte.

Die nächsten Stunden bis zum Abend schwiegen sich die beiden Pastorsleute an wie die Trappisten. Endlich sagte sie: »Es war nötig, finde ich. Zu lügen, wenn jemandem damit zu helfen ist, kann nicht schlecht sein.« Er pfiff durch die Zähne. »Vor wem zu helfen?« fragte er wild. »Vor dem, was er verdient hat? Nein, meine Liebe, das war nicht recht von uns. Vielleicht hätte ihn die Strafe zu einem ordentlichen Lebenswandel verholfen. Wir aber

haben das verhindert. Ich denke nicht, daß wir ihm durch unsere Lügen geholfen haben.« Sie hob die Schultern. »Aber wir haben es getan«, sagte sie praktisch. »Ich mag nicht abwägen, was für ihn zum Vorteil hätte sein können. Weder du noch ich wissen, wie sein Leben danach verlaufen wird. Ich weiß aber, daß wir es getan haben, weil wir ihm helfen wollten.« Sie schob ihm ein Tablett in die Hand. »Und nun geh, er wird Hunger haben.«

Der Junge saß aufrecht auf dem Sofa und kühlte seinen Fuß. »Das ist gerade noch 'mal gut gegangen mit der Ollen«, sagte er. Traugott Senftleben gab keine Antwort und setzte das Tablett ab. »Ich möchte weg«, verlangte der Junge. »Fahren Sie mich zum Bahnhof. Ich schaffe das schon, okay? – Sie haben doch einen Wagen?« Der Pastor sah zur Wand. »Einen TRABANT«, gab er Auskunft. Der Junge lachte, ohne ihn anzusehen. »Dafür brauchen Sie sich nicht zu entschuldigen, Chef!« Er spritzte ein Paar Tropfen Wasser auf die Kompresse. »Immerhin besser als Pferd und Wagen. Wann können wir los mit der Kalesche?« »Heute und morgen nicht«, erwiderte der Pastor mißmutig. »Ich habe das Auto in die Werkstatt bringen müssen. Es tut mir leid.« Es tat ihm wirklich leid, daß es ihm nicht möglich war, den Jungen zum Zug zu fahren. Dem Jungen entfuhr ein Fluch. »Was fehlt dem Zossen?« wollte er wissen. »Hat man Ihnen die Räder geklaut?« Diese Vorstellung erheiterte ihn so, daß dem Pastor der Verdacht kam, auch der Räderdiebstahl an parkenden Autos gehöre zu dem umfangreichen Programm, dem er mit seinem Freunde nachkam. »Die Räder sind es nicht«, versetzte Senftleben mürrisch. Ihm fiel im Augenblick nicht ein, was es war, und so sagte er: »Irgendein wichtiges Teil ist es, sonst hätten sie den Wagen nicht dabehalten.« »Na klar doch, ein wichtiges Teil«, wiederholte der Junge und verzog ironisch die

Mundwinkel. »Okay, Mann, ist es der Motor, Vergaser, die Kurbelwelle?« »Ich bin technisch völlig unbegabt«, sagte Senftleben behutsam. »Wenn ich mich recht erinnere, spielten irgendwelche Köpfe eine Rolle, nur waren die nicht vorrätig. Ich weiß nicht, ob du damit was anfangen kannst.« »Spurstangenköpfe«, vermutete der Junge mit gespielter Gleichgültigkeit. Er dachte nach. »Ich glaube, Chef, daß ich ihnen aus der Bredouille helfen kann. Sobald ich wieder im alten Gleise bin, werde ich Ihnen welche schicken.« Der Pastor erschrak. »Da sei Gott vor!« protestierte er.

Seine Frau sah ihn prüfend an, als er zurückkam. Er hob die leeren Hände. »Es ist unglaublich«, beklagte er sich. »Denke dir nur, eben wollte er mich zu seinem Spießgesellen machen!« »Nun, du wirst ihm ordentlich ins Gewissen geredet haben?« vermutete sie. »Eigentlich nicht«, gestand er, »und ich fürchte, es hätte auch wenig Zweck gehabt.« Er vermied es, in ihre Augen zu sehen, und sagte: »Doch wenn du meinst, will ich es nachholen.«

Aber dazu sollte es nicht mehr kommen. Als die Pastorin am nächsten Morgen dem Jungen das Frühstück bringen wollte, war er verschwunden. Sie rief nach ihrem Mann, und beide suchten vom Keller bis zum Dachboden nach ihm. Er blieb unauffindbar, und der Pastor atmete auf, zumal der junge Dieb diesmal nichts mitgenommen zu haben schien. Als Senftleben gegen Mittag die Zeitung aus dem Briefkasten nahm, entdeckte er eine Notizbuchseite, die seiner Aufmerksamkeit fast entgangen wäre. »Sie und Ihre Frau sind Typen, die ich nicht verstehe«, las er innerhalb einer Zeichnung, die einen versiegelten Brief darstellte, »aber es ist gut, daß es ein paar von euch gibt.« Zwei Zeilen tiefer, ungewöhnlich groß für eine Unterschrift, stand »Euer Neffe Hans-Dieter«. Traugott Senftleben drehte den Zettel in seiner Hand um. Sein Blick fiel auf eine Nachschrift auf der Rückseite: »Versprochen ist versprochen. Wenn es gut geht, werdet Ihr von mir hören!« Worauf Pastor Senftleben erschrocken die Hände faltete.

»Da siehst du es!« sagte er und gab seiner Frau das Schriftstück. »Noch unter unserem Dache plant der Tunichtgut eine neue Schandtat, und was noch ärger ist, er macht mich in seiner Torheit zum Mitwisser.« »Uns!« korrigierte die Pastorin ruhig. »Und überhaupt! Er schreibt doch nur, ›wenn es gut geht‹. Was gut gehen soll, teilt er nicht mit.« »Das fehlte noch!« rief der Pastor aufgebracht. »Ich jedenfalls möchte diese Diebsgeschichte ganz schnell vergessen!«

Aber das war leichter gesagt als getan. Es genügte, auf den Fleck an der Wand zu sehen, ja irgendwo eine Wanduhr ticken zu hören, daß ihm der Junge einfiel. Und jedesmal fürchtete er, eben in diesem Augenblick konnte er seine angekündigte Missetat begehen, und er würde sich, wie er auf dem Zettel versprochen hatte, bei ihm melden.

Und das geschah wirklich eines sehr unschönen, sehr regennassen Tages. Zunächst dachte Traugott Senftleben an nichts Arges, als er im Briefkasten neben seiner Zeitung eine Benachrichtigung von der Post vorfand, für ihn liege ein Paket zum Abholen bereit. »Vielleicht von unserer Tochter«, vermutete die Pastorin. Sie mußte noch den Sonntagsbraten einkaufen, und die Post lag nicht weitab von der Fleischerei. »Stell unterdessen die Kartoffeln auf den Herd«, wies sie ihren Mann an, und er war dankbar, daß er zu Hause bleiben durfte, denn ein Gefühl des Argwohns war in ihm aufgekeimt und wollte nicht schwinden. Jetzt, wie er allein in dem großen Hause war, wuchs es und verdichtete sich fast zur Gewißheit, daß der Junge sich gemeldet hatte und ihm die versprochenen

Spurstangenköpfe schickte. Neben der Furcht, daß es gar nicht anders sein könnte, durchfuhr ihn für die kurze Zeit, in der ein Blitz zu sehen ist, ein freudiges Begreifen, denn sein Auto stand noch immer ohne Spurstangenköpfe in der Werkstatt. Aber ebenso schnell, wie der Blitz in der Nacht versinkt, war auch seine Freude verschwunden, und er schämte sich. Doch bald mußte er feststellen, daß der Blitz ein Ding ist und ein Auto, dem Ersatzteile fehlen, ein anderes. Und obwohl Pastor Senftleben mit aller Kraft sich auf das Kartoffelschälen zu konzentrieren suchte, warf der Versucher ihm eine gleißende Verlockung nach der anderen auf die Gewissenswaage, und er hatte Mühe, eine nach der anderen wieder hinabzuschleudern. Der Kampf tobte noch, als die Pastorin mit einem länglichen Paket zurückkam. Es lag jetzt leibhaftig auf seiner Waage und war deshalb die stärkste Versuchung. Ihr nachzugeben, fielen ihm vernünftige Gründe ein. So der, daß er nun auch wieder regelmäßig zu seinen Gemeindegliedern in der Nachbarschaft fahren könnte, die er mit dem Rade oder dem Bus nur mühsam erreichte.

Er war nicht mehr verwundert, als er die Zeichnung eines versiegelten Briefes neben dem Absender bemerkte. Ohne Zweifel war es die Schrift des Jungen: Hans-Dieter Schnapp, Hintere Sackgasse 8, Grüssau 3601. »Natürlich Schwindel!« erregte sich der Pastor nach einem Blick in den Atlas. »Es gibt hier kein Grüssau. Schon gar nicht mit dieser Postleitzahl! Grüssau wie grüßen, Schnapp wie Schnapphahn, Dieb und Räuber! Zuviel der Bilder! Gaunersprache, meine Liebe! Wie ich sagte! Dieser junge Tunichtgut hat sich nicht geändert. Und das steht nun wohl allemal fest: Von einem solchen nehme ich nicht das Schwarze unterm Nagel!« »Aber«, wandte sie ein, »solltest du nicht zunächst einmal …« »Das Paket öffnen?« fiel er seiner Frau ins Wort. »Nur einmal nachsehen, wie?

Ich weiß auch so, was dieses Päckchen birgt!« »Wenn du dir so sicher bist!« »Völlig!« rief er, »und du bist es auch! Da drinnen befinden sich gestohlene Spurstangenköpfe. Ich habe die ganze Zeit befürchtet, daß er mir sie schickt.« »Und was willst du damit tun?« fragte die Pastorin sanft. »Zurückgeben! Stehenden Fußes zurückschicken!« rief Senftleben mit Nachdruck. »Was dachtest du?« »Aber wohin denn, wenn du selbst sagst, daß der Absender nicht stimmt?« Der Pastor wedelte mit beiden Händen. »Dann wird die Annahme verweigert«, schnaufte er. »Gottlob hast du ja noch nicht das Pandorapaket geöffnet«, sagte sie mit Betonung. Er sah seine Frau argwöhnisch an und runzelte die Stirn. »Wohin«, fragte sie, »sollen sie es denn schicken, wenn es keinen Schnapp gibt, kein Grüssau und selbst die Straße erfunden ist?« Er dachte nach. »Du hast recht«, nickte er ratlos. »Aber irgendwie muß ich mich dieses Pakets entledigen, und ich glaube, ich habe einen Weg gefunden. Ich entsinne mich, daß der Kreisoberpfarrer auch Spurstangenköpfe sucht. Übermorgen, wenn ich in der Stadt bin, gegen Abend, lege ich ihm das Paket vor die Tür. Den Umschlag mit dem Absender werde ich freilich entfernen müssen. Was hältst du davon?« fragte er seine Frau. Die hob die Schultern. »Tu, was du willst, Traugott«, sagte sie, aber sie seufzte ein wenig dabei. »Jawohl!« bestätigte der Pastor, und es war in dieser Angelegenheit das letzte Wort gesprochen.

Das heißt, für ein paar Wochen, genau für zwei Monate und drei Tage. Da hatte nämlich der Kreisoberpfarrer Geburtstag, und Traugott Senftleben war mit seiner Frau wie jedes Jahr eingeladen. Diesmal schenkten sie ihm einen tönernen Einlegetopf und einen alten Krauthobel, denn der Jubilar war noch immer ein Freund altväterlichen Hausrats. »Wunderbar, ganz bezaubernd«, befand er andächtig. Dann schien ihm etwas einzufallen, denn er wandte sich geschwind um und winkte den beiden, ihm zu folgen. Er führte Traugott Senftleben und seine Frau in sein Arbeitszimmer, deutete mit glänzenden Augen auf die Wand und fragte leise, derweil sich die Begeisterung des Sammlers über seine Züge verbreitete: »Ist *das* nicht wunderbar, nicht bezaubernd?«

Traugott Senftleben mochte ihm in diesem besonderen Falle nicht beipflichten. Er starrte fassungslos auf seinen Regulator.

Pastor Senftleben hat einen schweren Tag

Dem alten Töppchen-Müller ging es nicht gut. Schwitzend lag er unter dem schweren, mit Gänsefedern gefüllten Bett und verlangte nach dem Pastor. Und während sein Mienchen bestürzt den beschwerlichen Weg zum Pfarrhaus hineilte, ihres Gatten letzten Wunsch auszurichten, starrte der hinauf zur schneeweiß gekalkten Zimmerdecke und stritt mit seinen Gedanken. Heimtückisch war das Leben, wie alles Schöne hämisch und hinterlistig. Ein schlauer Wirt, der es einem bei sich gut sein ließ und gerne auf Kredit gab, nie mahnte, kein einziges Mal, daß man glauben durfte, es sei alles vergessen. Und eines Tages, eines sehr schönen Tages, an dem man wahrhaftig an nichts Schlechtes denkt, ausgerechnet dann will er, daß wir zahlen. Töppchen-Müller war darauf nicht vorbereitet. Sein Mörtelbottich stand noch vor dem Kaninchenstall, den er unlängst erweitert hatte. Er hatte noch über die Hälfte der Außenwand zu kalken. Nein – er hatte noch zu tun! Die weiße Zimmerdecke machte ihn unruhig. Sie erinnerte ihn an seine Arbeit, die er nicht mehr zu Ende bringen würde, und Angst überkam ihn, daß er augenblicklich sterben könnte, ohne mit dem Pastor gesprochen zu haben. »Heute rot, morgen tot«, fiel dem Töppchen-Müller ein, und er blickte jetzt zu den Geranien, die hochaufgeschossen mit kräftigen Trieben auf dem Fensterbrett standen. »Heute noch auf stolzen Rossen – setz mir einen Leichenstein ...« *Töppchen-Müller* würde auf dem Steine stehen. Nein! Friedrich! Friedrich Müller! Das »Töppchen« durfte Mienchen nicht zulassen. Er mußte es ihr noch mal auf die Seele binden. Freilich, für die Leute im Dorf würde ein Raten anheben. Friedrich Müller? Kannten sie doch nur Bauer-Müller, Zicken-Müller, Froschteich-Müller und eben Töppchen-Müller. Er selber hatte mit dem Namensvorspann nichts zu tun. Den verdankte er seinem Großvater, der sich sein Abendbier in einem soliden Topf aus der Schenke geholt hätte, aus Furcht vor seiner Frau, sagten die Leute, für die alle Kneipensitzer Nichtsnutze und Tagediebe waren. »Na, Fiete, heut mal wieder Tröppchen ins Töppchen?« hätte der Wirt jedesmal gefragt. Die Leute reden viel, dachte Töppchen-Müller, und die das aufgebracht haben, deckt alle der Rasen. Der Name aber hat sich vererbt und bleibt. Er kroch tiefer in das dicke Federbett, als wollte er sich verstecken, und nun fiel ihm ein, die Begräbniskosten zu berechnen, die nach seinem Ableben anfallen würden. Es ergab sich eine erkleckliche Summe, und Töppchen-Müller nahm sich erschrocken vor, mit dem Pastor auch über einige Kosteneinsparungen zu reden.

Als der dann mit Mienchen in Töppchen-Müllers Sterbestube trat, empfing beide ein hüstelndes Schnarchen. Mienchen weckte den Kranken, dessen erster Blick auf Pastor Senftleben fiel. »Bin ich schon …?« fragte Töppchen-Müller und blickte kurz zur Zimmerdecke. »Keineswegs!« sagte der Pastor und rückte den Stuhl näher an das Bett. »Sie haben nach mir geschickt.« Töppchen-Müller besann sich. »Jetzt, wo ich schon mal nicht wie ein Gerechter gelebt hab', möcht' ich doch wie ein guter Mensch sterben.« Mienchen weinte bei diesen reuigen Worten leise, worauf Töppchen-Müller sein rotes Gesicht aus den Kissen hob und ihr befahl, das Zimmer zu verlassen. »Sie braucht nicht alles zu wissen«, erklärte Töppchen-Müller. Er wartete, bis Mienchens Schritte nicht mehr zu hören waren, dann sah er den Pastor scharf an. »Ich bin mein Leben lang kein Heiliger gewesen. Es hat mich nie gestört, aber wo es aufs Ende zugeht, fängt es mich an zu drücken und kneifen, heißt es doch, daß ein Sünder schwerer wiegt als der ärgste Fresser, hingegen der Gerechte leicht sein wird wie die Feder des Vogels.« Der Pastor winkte ab: »Ich weiß nicht, woraus Sie zitieren, mein Lieber, aber gewiß wollen Sie mir etwas damit sagen?« Töppchen-Müller nickte. »Werden Sie aber auch den Mund halten, Herr Pastor?« »Ich weiß nicht, was Sie meinen. Aber selbstverständlich bleibt jedes Wort, das Sie und ich in diesem Zimmer sprechen, unter uns.« »Schwören Sie es?« »Dazu braucht es keinen Schwur, mein Lieber.«

Töppchen-Müller lehnte sich zurück. Er schien gekränkt. Senftleben wartete geduldig. Aus dem Bett kam Hüsteln, Räuspern und plötzlich die Hand des Sterbenden, die zitterig einen Viertelkreis beschrieb, und Töppchen-Müller sagte: »Dann sehen Sie schon mal nach!« Es ist das Fieber, dachte Pastor Senftleben. Er kannte sich aus. Es war wichtig, den Kranken zu beruhigen. »Regen Sie sich nicht auf«, sagte er, und weil Töppchen-Müllers brennende Augen ihn anstarrten, erhob er sich und ging ein paar Schritte umher. »Unterm Bett!« schrie der Kranke wütend – oder enttäuscht, jedenfalls so mißtönend, daß der Pastor auf dem Absatz herumschnellte. Töppchen-Müller griff selber unter das Bett und zerrte ein ziemlich großes, verknotetes Bündel in Sichtweite. Unter seinem zustimmenden Kopfnicken öffnete es der Pastor. »Diebesgut!« röchelte der Kranke. Er sah zerknirscht auf die Beute und schien entsetzliche Qualen deshalb zu leiden. »Sie müssen es aufschreiben, ja? Aufschreiben!« verlangte er. Der Pastor nickte, zog Kugelschreiber und Kalendarium aus der Tasche und wollte sich ächzend erheben. Aber der Sterbende protestierte: »Sagen Sie an! Die Gegenstände! Los doch!« Da setzte sich Pastor Senftleben zu Füßen des Bettes und begann: »Eine

Maurerkelle ... eine kurze Wasserwaage ... ein Beil ... zwei Zangen, Baumsäge, einen Rigolspaten, drei Hämmer, davon einer ohne Stiel, Schaufel, Stallaterne, einen Meißel.« Und Töppchen-Müller wie in einer Arie: »Finze-Berthold, Schrage-Atze, Mieme Junkert, Zicken-Müller (die zwei Zangen), Bruder Karl ...« Sie schnauften beide, als sie mit der Bestandsaufnahme am Ende waren, und Pastor Senftleben setzte sich wieder auf den Stuhl neben Töppchen-Müllers Bett und fragte: »Was nun?« – »Sie müssen alles in die richtigen Hände legen, Herr Pastor!« Senftleben sah erschrocken auf den Haufen Werkzeuge zu seinen Füßen. »Und wie stellen Sie sich das vor?« Töppchen-Müller verdrehte die Augen, und einen Augenblick lang glaubte der Pastor, aus ihnen eine winzige Schadenfreude glimmen zu sehen. Hörte man in seinem Husten nicht auch leises Kichern? »Schicken Sie doch Ihre Frau zu den Eigentümern!« verlangte er barsch. Die Antwort des Kranken war ein bekümmertes Seufzen. »Was Sie da von mir verlangen«, sagte der Pastor, nach Fassung ringend, »ist – ich muß schon sagen – nie dagewesen.« Im Geiste sah er sich mit dem verknoteten Bündel durch das Dorf hasten, hier zwei Zangen übergebend, dort den stiellosen Hammer. »Und welche Sprüchlein sag' ich dazu auf?« fragte er zum Bette hin. »Raten Sie mir! Vielleicht: Einen schönen Gruß vom Töppchen-Müller, und er schickt Ihnen Ihr gestohlenes Eigentum zurück?« Der Sterbende fuchtelte mit den Armen. »Das werden Sie bleiben lassen! Sie haben geschworen, Ihren Mund zu halten.« – »Nichts habe ich!« brauste Pastor Senftleben verhalten auf, »nichts, nichts!« – »Nur versprochen haben Sie«, flüsterte der Kranke ergeben und wandte sich ab. Das stimmte. Aber in nichts hatte er versprochen, Töppchen-Müllers Diebesgut an den Mann oder genauer die Männer und Mieme Junkert zu bringen.« »Lassen Sie's durch die Post zustellen«, sagte er wie jemand, der schon viel zu lange über einen Gegenstand debattiert hatte. Es war ein guter Einfall, und sein Gesicht erhellte sich. »Die Postbotin übergibt jedem Geschädigten das Seine, und keiner weiß, woher es kommt.« In den Körper des Kranken kam wieder Bewegung. »Der Vorschlag ist nicht schlecht«, gab er zu. »Sie können es natürlich auch so machen.« »Wieso denn *ich?*« entrüstete sich Pastor Senftleben. »Ihre Frau geht hin ...« »Und jeder weiß Tags darauf in unserem Dorfe, woher der Wind weht! Dann könnte ich's ebensogut einem jeden selbst erzählen!« »Was das beste wäre und das aufrichtigste«, sagte der Pastor überzeugt. »Es wäre eine Buße, die Ihr Gewissen in Wahrheit erleichterte.« Aber Töppchen-Müller war da anderer Auffassung. Mit weit aufgerissenen Augen lehnte er sich aus dem Bett und rief: »Na, das ist wohl der rechte Trost, in seiner letzten Stunde noch als Lump dazustehen! Ich habe ein bissel mehr Nächstenliebe von Ihnen erwartet, Herr Pastor. Vergessen wir's!«

Senftleben knirschte mit den Zähnen. Schließlich hielt es ihn nicht länger auf seinem Stuhl. Er stellte sich ans Fenster, aber er sah weder die rotblühenden Begonien und den rankenden Hauswein dahinter noch das Mienchen, das, von einer gefleckten Katze begleitet, an die Pumpe ging und einen Eimer auswusch. Dann hatte er einen Entschluß gefaßt: »Ich werde Ihnen Ihren Wunsch erfüllen, Töppchen-Müller, weil es Ihr letzter ist. Noch heute hole ich den Packen. Aber erst, wenn es dunkel wird.« Er war auf dem Wege, das Zimmer zu verlassen, als die Stimme des Kranken ihn zurückrief. Ihm war eingefallen, daß noch ein kleiner Mörteleimer von Kaspar Berger nachzutragen war. Er stand draußen vor dem Kaninchenstall. »Der muß warten«, sagte der Pastor dumpf. »Glauben Sie, ich sei ein Packesel?« Und er fragte: »Ist das nun wirklich alles?« – »Mehr war es nicht«, seufzte Töppchen-Müller, schon ganz wesentlich erleichtert.

Es war gut, daß die Pastorin zur Abendzeit noch in der Stadt bei einer Schulfreundin saß und ihren verstörten Gatten deshalb nicht zu Gesicht bekam. Sie hätte sich die größten Sorgen gemacht, schon, als er roten Angesichts und gebeugt, als trüge er eine Zentnerlast, in das Pfarrhaus trat. Noch mehr, wenn sie seine wuselige Unruhe beobachtet hätte, mit der er mehreres auf einmal tat, so seine Handbücher im Regal umstellte, das Licht einmal aus-, dann wieder einschaltete und währenddessen ein Kreuzworträtsel zu lösen versuchte. Dabei kaute er an einem länglichen Radieschen und starrte immer wieder in den Pfarrgarten, bis es in den Baumkronen allmählich dunkler wurde. Als die Turmuhr die zehnte Stunde schlug, erhob er sich, als hätte er ein Kommando erhalten, und schritt davon, zu tun, was er versprochen hatte.

Mienchen schien von nichts zu wissen. Verwunderung stand in ihrem Gesicht, den Pastor schon wieder zu sehen. Töppchen-Müller hüstelte leise. Er schlief. Oder er tat so. Senftleben wartete, bis Mienchen wieder in der Küche verschwunden war, warf sich den klirrenden Packen über die Schulter und schlich wie ein Dieb aus dem Hause. Mitten auf dem Gartenwege erinnerte er sich des Mörteleimers. Sein Pflichtbewußtsein siegte. Er griff ihn am Bügel und wankte tiefgebeugt zum Hoftor hinaus. Die Dorfstraße war gottlob von Menschen leer. Die meisten saßen jetzt vor ihren Fernsehgeräten. Nur eine ausgesperrte Katze auf einem Fenstersims streifte sein aufmerksamer Blick und zwei sich balgende Hunde, die hinter einer Hofeinfahrt verschwanden. Aus den Kneipenfenstern fiel Licht und lag wie helle Rechtecke auf dem Pflaster. Über einem der Fenster schnurrte ein Ventilator und ließ Senftleben durch ein Schwadengemisch von

Zigarettenqualm, Bierschaum und gerösteten Kartoffeln hasten. Der Packen begann sehr bald zu drücken, und bei jedem unvorsichtigen Schritt klirrte es im Bündel. Als er in der Nähe des Dorfkonsums war, hörte er hinter sich das Geräusch eines Autos. Wie ein Dieb versteckte er sich hinter dem Stamm eines tiefästigen Baumes. Das Auto hielt vor dem Konsum. Jemand stieg aus und schloß ein Garagentor auf. Die Scheinwerfer strichen im Vorbeifahren über ihn hin. »War das nicht der Pastor?« hörte er jemanden an der Garage sagen. Es war der schöne Alfons, der Leiter des hiesigen Konsums. Seine Frau lachte amüsiert. »Wo denkst du hin?« – »Trau, schau, wem!« antwortete ihr Mann und schien willens, dem Ding auf den Grund zu gehen. Traugott Senftleben verließen die Kräfte. Er setzte den Eimer vorsichtig ab und lehnte sich mit dem Bündel gegen den Baum. Eine Taschenlampe blinkte in sein Gesicht, und der schöne Alfons rief: »Es ist *doch* der Pastor!« »Wirklich?« sagte die Frau und kam näher. »Aber was tragen Sie denn zur Schlafenszeit noch spazieren?« wollte Alfons wissen. »Vielleicht den Kirchenschatz? Oder sollten Sie in meiner Abwesenheit ein paar Flaschen von unserm ›Grauen Mönch‹ stibitzt haben?« Kein Zweifel, der Verkaufsstellenleiter trieb seinen Spaß mit ihm. Dennoch war es Senftleben nicht geheuer. Ihn schwindelte, und der kalte Schweiß trat auf seine Stirn. Der schöne Alfons sah noch einmal mißtrauisch zu ihm hin, dann lachte er schallend. »Sehen Sie zu, daß Sie es hinter sich bringen, was es auch immer sei – von uns haben Sie nichts zu befürchten.« Damit schloß er die Garagentür ab, und die beiden gingen kichernd ins Haus. Senftleben fühlte sich schwach, er hätte sich jetzt gern hingesetzt. Stumpf blickte er in das Laubdach des Baumes, warf nach einer Weile ergeben das Bündel über die andere Schulter, hob den Eimer an und verließ sein Versteck.

Mieme Junkert war die erste, die er aufsuchte. Ihr war »im Magen nicht wohl«, wie sie sagte, und sie hatte sich einen nach Schnaps riechenden Pfefferminztee bereitet, zu dem sie den Pastor einlud. Während sie für ihn eine Tasse holte, äußerte sie laut und lange ihre Verwunderung darüber, daß er zu so später Stunde zu ihr käme. Senftleben setzte seine klirrende Last ab, und als die Mieme erneut den Mund auftat, wohl um nach dem seltsamen Mitbringsel zu fragen, kam er ihr zuvor. »Ich bringe Ihnen ein Beil und eine Stallaterne«, sagte er. Was sollte sie in der Nacht mit einem Beil? »Beides gehört Ihnen«, redete ihr Pastor Senftleben zu und begann auszupacken. »Erinnern Sie sich! Irgendwann ist Ihnen das Gerät abhanden gekommen, und nun bringe ich es zurück.« – »Stimmt«, sagte die Mieme und besah sich die Laterne kopfschüttelnd. »Das ist eine Ewigkeit her, und ich habe sie sehr vermißt. Aber nun können Sie das Ding auch behalten!« – »Aber liebe Frau!« bat der Pastor schwach und sah auf seine ehrlichen Hände. »Schon gut, wie sollte auch einer wie Sie ...«, versicherte die Mieme Junkert, um gleich darauf übergangslos zu fragen: »Und woher haben Sie diese Sachen?« Wer liebt schon Verhöre? Der Pastor, mit einem Blick auf den heilsamen Tee, stand auf. »Das ist so wichtig nicht. Sie sind ... nun, sie sind mir anvertraut worden«. »So, so«, nuschelte die Mieme und starrte jetzt gedankenverloren auf das Beil. »Anvertraut. Bloß von wem denn?« Pastor Senftleben beschloß, ihren Ausflug in die Vergangenheit zu nutzen, und stahl sich aus der Tür. Er war nur bis zur Gartenpforte gekommen, als die Mieme Junkert ihm nachrief: »Nichts für ungut, Herr Pastor, auf Sie laß ich trotzdem nichts kommen!«

Warum kehre ich nicht um? dachte der Pastor. Warum schleiche ich nachts mit fremdem Eigentum durch die Gärten? Habe ich das – ich frage mich –, habe ich das nötig?

Unweit von Mieme Junkert befand sich das Anwesen von Kaspar Berger. Der Pastor fand die Haustür verschlossen und klingelte. Er klingelte nochmals und anhaltend, aber es zeigte sich niemand. Wohin nun mit dem Eimer? Er wollte ihn nicht bis zum letzten Hause im Dorf schleppen, wo Bruder Karl ihn ebensowenig erwarten würde wie Kaspar Berger oder ein anderer. Warum, um alles in der Welt, werfe ich das ganze Zeug nicht einfach über den Zaun? dachte er. Ein verlockender, ein menschlicher Gedanke. So trat er denn an Bergers Staket, sicherte noch einmal nach allen Seiten und hob zunächst den vertrackten Eimer über den Zaun. Das Mörtelgefäß rollte ein Stück und blieb in einem Gestrüpp liegen. Dann griff Senftleben hinter sich und ließ das Diebesbündel im Befreiungsdrange um den Kopf kreisen. Weit sollte es fliegen, weit weg! Doch da dröhnte ihm eine kräftige Stimme ins Ohr: »Was tun Sie denn da, Herr Pastor?« Senftleben erschrak zu Tode. Der Sack schlug klirrend gegen seinen Rücken. So stand er da mit der Last in den erhobenen Händen, eine Schandsäule des Leidens und der innigsten Scham.

Aus der Dunkelheit kam der Glühpunkt einer Zigarette auf ihn zu und mit ihm der Finze-Berthold. »Nehmen Sie die Arme herunter!« sagte der Finze-Berthold friedlich, und Senftleben sah deutlich, wie er grinste. »Ich wollte Ihnen nur«, sagte der Pastor gefaßt, und er warf den vermaledeiten Packen auf die Erde, »Ihr Eigentum zurückbringen.« – »Ich wüßte nicht, daß ich Ihnen etwas geborgt hätte«, grinste Berthold noch immer und sah zu, wie der Pastor drei Hämmer und eine Maurerkelle auspackte. »Sieh an!« rief er. »Meine beste Kelle! Daß ich sie bei Ihnen gelassen habe, wußte ich nicht. Die Hämmer brauche ich nicht. Hab' genug davon. Ich schenk' sie Ihnen.« – »Nehmen Sie sie!« bat der Pastor. »Ich bitte

Sie!« Berthold hob gutmütig die Schultern. »Wenn ich Ihnen damit eine Freude mache. Und was wollten Sie mir noch zuwerfen, Sie Sankt Nikolaus?« Pastor Senftleben lief rot an. Es war ihm ein Trost, daß es Finze-Berthold in der Dunkelheit nicht sah. »Das gehört – – anderen«, sagte er leise. Der Mann mit der Zigarette nickte, und Senftleben sah, daß er jetzt völlig ernst war. »Wie gut, daß es Ihnen noch eingefallen ist, als ich Sie anrief. Jetzt hätte *ich* fremdes Eigentum – im Garten.« – »Es ist schwer«, sagte der Pastor noch immer sehr leise. »Sie ahnen nicht, wie schwer das ist.« – »Ich weiß«, nickte Finze-Berthold, und er berührte den Pastor aufmunternd an der Schulter. »Und ich möchte heute nacht nicht Sie sein.« Er trat mit den Hämmern ins Mondlicht und betrachtete sie eingehend. »Wie geht es ihm?« Pastor Senftleben wußte nicht, ob er darauf antworten durfte. Der Mann mit der Zigarette war auf der rechten Spur. Senftleben atmete tief die würzige Luft ein, die nach Majoran und frischem Humus roch. »Eben dachte ich«, sagte der Mann, »ich sollte Ihnen ein Stück tragen helfen.« Der Pastor warf seine Last wieder auf den Rücken. «Das tun Sie schon. Und Sie wissen es.«

Auch beim Schrage-Atze war die Hoftür schon verschlossen. Als Senftleben gegen sie pochte, lärmte ein Hund und bald darauf eine Frau. Es war Atzes Frau, und sie glaubte, ihr Mann würde aus der Kneipe heimkehren. »Ich bin's!« beruhigte sie Senftleben. »Der Pastor! – – Bringen *Sie* meinen Mann?« fragte sie mißtrauisch. Sie ließ ihn einen Schritt näherkommen und spähte an ihm vorbei, ob sie ihren Mann nicht entdecke. »Ich wollte Ihnen nur einige Gegenstände bringen, die ihm gehören«, sagte der Pastor und mußte sogleich erkennen, daß sie ihn mißverstand, denn sie brach in ein schrilles Geheul aus, das die Hähne in der Nachbarschaft erwachen ließ. »Wo liegt er?« wollte sie wissen. »Im Ratskeller? In der Weintraube? Oder im Haus der Genossenschaft, wo's am teuersten ist?« – »Ich weiß es nicht, gute Frau«, sagte der Pastor wahrheitsgemäß, und das war wieder verkehrt. Sie hatte jetzt die Meinung, man habe ihren Mann bereits abtransportiert, und ihr Verdacht erging sich von der Polizeiwache bis zum Krematorium. »Aber es ist nur eine Schaufel und ein Meißel, die ich Ihnen zurückbringen muß«, konnte sich Senftleben in einer Atempause der Frau zu Wort melden. »Und woher kommt das Zeug?« fragte sie stirnrunzelnd. »Sie sehen ja«, wich er aus, »ich ... bringe es Ihnen.« – »Und warum Sie? Hat er es Ihnen abgekauft?« – »Abgekauft? – Nein. Ich sage ja, es ist sein Eigentum.« – »Ich verstehe kein Wort«, behauptete sie eigensinnig. »Oder können Sie mir sagen, warum er einen Meißel und eine Schaufel in die Kneipe mitnimmt?« Er konnte ihr gar nichts sagen und schüttelte den Kopf. »Dann sag ich's Ihnen!« rief Atzes Frau laut. »Versetzen wollte er's, zu Geld machen, damit er um so länger da unten hocken und einen hinter die Binde gießen kann. Aber seinen Kram hat keiner genommen! Und *Sie* lassen sich von meinem Saufaus als Botenjungen gebrauchen! Schämen sollten Sie sich! Ein Pastor! Ein studierter Mensch!« Sie riß Traugott Senftleben Schaufel und Meißel aus der Hand und schlug die Tür vor ihm zu. »Eine Welt ist das!« hörte er sie schimpfen. »Nun haben sogar die Zechbrüder ihren eigenen Pfarrer! Und vor so was soll man Respekt haben!«

Was für eine Nacht! dachte der Pastor, und die Haare sträubten sich ihm vor Entsetzen. In dieser Nacht geht mein guter Ruf dahin, und nicht ein Feind ist es, der ihn kaputtmacht, ich selbst bin es. Worauf habe ich mich eingelassen? Er war nicht als ein Held geboren worden, und der Drang, einer zu werden, war in ihm nicht entwickelt. Wenn ich mich wenigstens so wie ein Märtyrer fühlte, dachte er zornig. Aber wer hätte schon einmal von einem zornigen Märtyrer gehört? Und damit versiegte eine Quelle, die ihm hätte Trost spenden können. Ja, er war zornig. Zornig auf sich selbst, auf diese schändliche Nacht, in der er mit fremdem Diebesgut tappen mußte, zornig natürlich auch auf Töppchen-Müller, der ihm wie einem Sündenbock einen Sack voll Schuld aufgebürdet hatte, und zornig auf die Menschen, denen er bisher in dieser außergewöhnlichen Rolle begegnet war. Und wieder verspürte er die Lust, sich des Packens zu entledigen, der allerdings jetzt schon leichter zu tragen war. Doch er hob ihn nicht noch einmal hoch, um ihn fortzuschleudern. Eine Ahnung hielt ihn zurück, ein Gefühl, das fast Gewißheit war, nämlich, daß er sich von der Last nicht würde trennen können. Es sei denn auf die Art, wie er es versprochen hatte. Und wie er das Bündel jetzt auf seinem Rücken höher zog und vorwärts schritt, blickte er um sich, ob in den Gärten nicht irgendwo das Glühpünktchen einer Zigarette zu sehen wäre; denn er fühlte sich beobachtet.

Zicken-Müller wohnte im Niederland, dort, wo der Park zu Ende war. Auch er hatte Hunde, und da Pastor Senftleben in den Stallfenstern noch Licht sah, ging er auf die Gartenseite, die dem Stall am nächsten lag, und rief nach ihm. Zicken-Müller war ein langer, hagerer Mann, der weder Zeit noch Neigung hatte, außer der »GuK«, der Verbandszeitung etwas zu lesen, und neben der Ziegenzucht noch die Imkerei betrieb. Er hatte eine große Familie und führte sie nach alter Schulmeisterart mit den Grundsätzen: Jeder muß arbeiten, stets fleißig sein und auf den geringsten Wink gehorchen. Er schien nicht erfreut, daß er sein Haus zur Dunkelheit nochmals öffnen sollte, und schrie: »Das Schwarmloch ist zu!« – »Ich weiß, aber ich habe Ihnen etwas zu übergeben!« rief der Pastor. »Und wer sind Sie?« – »Der Pastor.« Ein paar Hunde knurrten feindselig. Schritte auf sandigem Boden. Ein Schloß schnappte, und dann sahen sich die beiden erst einmal an. »Verstehen Sie was von Wasserpumpen?« fragte Zicken-Müller kurz. Der Pastor mußte verneinen. »Und was von Ziegen?« – »Leider nein.« – »Kommen Sie mit!« – »Ich will Sie nicht weiter behelligen ...« protestierte Traugott Senftleben schwach, und Zicken-Müller fiel ihm ins Wort: »Was Sie wollen, können Sie mir im Stall erzählen. Moritz hat Kolik, und die Pumpe im Keller klemmt.« Aus dem Wohnhaus drangen aufgeregte Stimmen und das Klopfen an Metallrohre. Durch die offenstehende Haustür sah der Pastor Jungen und Mädchen jeden Alters mit Eimern, Schüsseln und Wischlappen herumwieseln. Sie erinnerten an Honigbienen in ihrem Stock. Zicken-Müller stieß die Stalltür mit einem Tritt auf. Pastor Senftleben gewahrte als erstes den gehörnten Kopf eines kalbshohen Ziegenbockes und dann zwei Jungen von etwa zwölf bis vierzehn Jahren, die mit letzten Kräften das schwere Tier an Stricken emporhielten. Neben der Heuraufe standen zwei jüngere Mädchen, damit beschäftigt, aus Lederteilen eine Art Geschirr zu knüpfen. »Packen Sie an, Pastor!« befahl Zicken-Müller. Auf seinen Wink übergab der ältere Sohn Senftleben die Enden des einen Strickes, er selber übernahm die des anderen. Der Pastor hatte Mühe, seine Hand von dem Bündel zu lösen, das er, wegen der Geschwindigkeit, mit der alles geschah, noch immer umkrampft hielt. »Prießnitz-Umschlag wechseln!« brüllte der Ziegenzüchter wie auf einer Kommandobrücke. Einer der Jungen stob mit einer Schüssel hinaus, der andere rollte dem Bock den Verband vom Leibe und wrang ihn aus. Der Gestank des Tieres trieb Senftleben Tränen in die Augen. Und es war

schwer! Der Mann vor ihm mußte eine Rasse von außerordentlich massivem Knochenbau züchten. »Ist wohl besonders wertvoll?« bemerkte der Pastor vorsichtig und hob den Kopf von dem unreinlichen Wesen, als wollte er die Dachsparren zählen. »Bester Zuchtbock im Kreis!« erwiderte der Besitzer nicht ohne Stolz. Der Pastor nickte ergeben. Er wußte nun, daß das Dach vier Sparren hatte. Mehr waren nicht zu entdecken. »Was macht das Hanggeschirr?« brüllte ihm Zicken-Müller ins Ohr, meinte aber seine Töchter. Sie hielten die Lederriemen zur Ansicht hoch, und er schien zufrieden. Der Junge kam mit dem Wasser herein, und sie legten dem Bock einen frischen Umschlag um den Bauch. »Es tut mir leid«, ächzte der Pastor, »aber ich kann nicht mehr.« Zicken-Müller würdigte ihn keiner Antwort, und nur der jüngere der beiden Jungen sagte: »Wenn Sie ihn auf die Erde plumpsen lassen, jeht er in.« Wahrhaftig, in diesem Augenblick hätte Traugott Senftleben nicht sehr viel dagegen gehabt. Sein Gesicht brannte, der schon von fremdem Diebesgut mißhandelte Rücken schmerzte, und der spitzhörnige Kopf des Bocks erschien ihm bedrohlich. »Ich bitte Sie, mich abzulösen«, keuchte der Pastor mit letzter Energie. Er traute sich nicht, das Seil einfach loszulassen. Eine Leiter schob sich an ihm vorbei. Er hörte Zicken-Müller nach dem Hanggeschirr rufen, Gedränge um ihn entstand, und er merkte, wie sich die Last hob. »Er hängt!« verkündete Zicken-Müller erleichtert und riß Senftleben das Seil aus der Hand. »Gleich zum Nachbarn 'nüber!« befahl er einem Jungen und warf es ihm zu. »Zuverlässigkeit ist der Honig im Leben«, belehrte er die Umstehenden. »Pumpen ist immer schlecht, aber wenn man pumpen muß, bringt man es pünktlich zurück. So hat's mein Großvater gehalten, mein Vater hat's versucht, und so halte ich's!« Die

Halbwüchsigen um ihn nickten, und er entließ sie ins Haus zur Pumpenreparatur.

»Und nun, Herr Pastor, was wollen Sie?« wandte er sich an Senftleben, der noch halb betäubt auf dem Stallgang stand und Ziegenhaare vom Anzug las. »Ich wollte Ihnen etwas bringen«, sann er, und dann fiel ihm glücklicherweise ein, daß es zwei Zangen waren und eine Wasserwaage. Leider hatte er das Bündel neben dem Bock zurückgelassen. So hielt er den Atem an und stieg nochmals zu ihm. Das Handwerkszeug lag in einer Ecke der Bucht, der leere Sack war – – Senftleben traute seinen Augen nicht: er hing dem Bock um den Bauch. Da dem Pastor der Atem knapp wurde, ergriff er die Geräte und stürzte an Zicken-Müller vorbei ins Freie. »Nehmen Sie!« sagte er hastig. »Eine Wasserwaage, zwei Zangen.« Er hatte es jetzt sehr eilig. Zicken-Müller sah ihn befremdlich an. »Ich wollte schon immer mal zu Ihnen kommen. Aber nein, dacht' ich, ein Pastor ...« Er schüttelte mißbilligend den Kopf. »Wann hab' ich doch das letzte Mal bei Ihnen gearbeitet?« – »Vor drei Jahren«, sagte Traugott Senftleben zerquält. »Sagen Sie ruhig vor vier Jahren!« berichtigte ihn der Ziegenzüchter. »Vor vier Jahren im Herbst. Töppchen-Müller war auch dabei.« Er wies auf den Rigolspaten und die Baumsäge, die Senftleben jetzt aufnahm. »Is wohl Töppchen-Müller seins, dem Sie es nach vier Jahren Lotterwirtschaft zurückbringen?« fragte er und tippte prüfend auf die Säge. »Ich würde sie gerne wieder einpacken«, sagte der Pastor. Zicken-Müller verstand nicht. »In den Beutel, den ich mitgebracht habe und den jetzt Ihre Ziege um hat.« Der dünne Mann staunte. »Ihr Beutel?« Es war ihm unangenehm. Er druckste noch etwas, das Traugott Senftleben zu müde war zu enträtseln, dann stieß er einen grellen Pfiff aus, auf den ein halbes Dutzend Kinder aus dem Hause fielen. Gleichgültig sah Senftleben die Kinder davonschwirren, sah sie wiederkommen. Erst als man ihm ein nasses, stinkiges Stoffstück in die Hand drückte, wehrte er sich. Zicken-Müller brachte ihn vor das Tor. Dort fand er sich wieder, das feuchte Bündel über die Schulter. Mahnend schlugen der Spaten und die Säge aneinander: zu-Bru-der-Karl, zu-Bru-der-Karl! Wehmütig sah der Pastor zu den Sternen, als er aufbrach, den letzten Geschädigten heimzusuchen, und ein strenger Duft umwehte ihn.

Niemand begegnete ihm, als er über die Fuhnebrücke schlich und in den Wiesenweg einbog. Rechts von ihm floß am Fuße eines Abhangs der enge Bach trübe und lautlos. Kopfweiden und junge Eschen bezeichneten seinen Weg. Zur Linken flocht ein weitläufiger Zaun aus Maschendraht Muster in die rückwärtige Landschaft. Hier hatte ein städtemüder Unbekannter neben einem Teich voller Frösche seinen Bungalow gebaut. Das Quaken drang bis an die Ohren des Pastors und begleitete ihn noch, als er an der Kuhweide entlangstrich. Er atmete Sommergeruch, diese Ausdünstungen warmer Erde, frischen Strohs und reifender Sommeräpfel. Plötzlich hatte er das Gefühl, hungrig zu sein. Er mußte an seine gute Frau denken, die ihren Besuch bei der Schulfreundin gewiß längst beendet hatte und sich am Abendbrottisch Gedanken machte, wo ihr Traugott nur blieb. Ein Gefühl der Schwäche überkam ihn, und er setzte sich am Ende eines schmalen Buschstreifens nieder. Stumm rieb er seinen schmerzenden Rücken. Das Bündel warf er erleichtert ein Stück von sich. Nun ruh dich aus, armes Herze, dachte der Pastor und hatte plötzlich tiefes Mitleid mit sich selbst. Genieße, wenn du es kannst, den Frieden dieser Nacht; denn fürwahr, verdient hast du ihn. So saß er denn und sah über das abgeerntete Kornfeld, auf dem Reihe für Reihe Preßstroh in Quaderbündeln lag. Die

Sterne blinkten am hohen Himmel, aus den Gärten der Kolonie »Bodengare« jenseits des Baches rief ein Nachtvogel, und dem Pastor kam der beglückende Gedanke, hier zu sitzen, zu schauen und zu hören, sei eine gerechte Entschädigung für alle heute ausgestandenen Leiden. Und er dachte: Wie gut ist es zu wissen, daß man am Ende eines harten Tagewerkes steht. Alles, was groß erschienen war und schwierig, wenn man es vor sich sah, nahm ab, wurde gering, sobald man es hinter sich hatte. Sein Mitleid wechselte die Person. Mit Töppchen-Müller hatte er jetzt Mitleid, der, selbst leidend, unter seinem schweren Federpfühl lag und ganz gewiß Traugott Senftlebens Tun mit reuigen Seufzern begleitete.

Wohlige Trägheit umfing den Pastor: Wie friedlich es ist, dachte Senftleben, wie mir friedlich wird. Er wäre wohl ein wenig eingenickt, hätte ihn nicht ein eigenartiges schleifendes Geräusch daran gehindert. Es schien, als bewege sich etwas langsam auf ihn zu. Er richtete sich auf und sah am Weg eine männliche Gestalt aus dem Buschwerk treten. Sie führte ein Fahrrad, an dem ein Hänger wippte, der mit Strohballen beladen war. Die Gestalt blieb stehen, als sie vor dem Pastor anlangte. »Des lieben Gottes Feldgendarmerie!« brachte die Person erstaunt hervor. Und nun erkannte Senftleben, daß er Bruder Karl vor sich hatte. »Eben wollte ich zu Ihnen«, sagte der Pastor etwas verunsichert, weil er Bruder Karl einen Felddiebstahl eigentlich nicht zugetraut hätte. »Das muß dann ja von höchster Wichtigkeit sein«, vermutete mißtrauisch Bruder Karl. »Darf ich raten?« Er schob probeweise sein Rad einen Schritt weiter. »Sie brauchen dringend Hilfe. Sie haben Feuer im Haus. Eine Natter hat Sie gebissen, oder meine Frau ist mit der Kirchensteuer im Rückstand. Irgendetwas in dieser Größenordnung wird es sein, denke ich, was Sie mir zur Nachtzeit beibringen müssen.« Energisch schob Bruder Karl sein Rad auf den Weg. »Ich wollte Ihnen nur Ihr Eigentum zurückbringen!« stellte der Pastor richtig, wobei er dem Worte »Eigentum« eine besonders eindringliche Betonung verlieh. Bruder Karl wurde hellhörig und stellte sein Rad gegen einen Baum. »Nun machen wir mal Nägel mit Köpfen!« verlangte er. »Klar heraus: Was wollen Sie?« Der Pastor hatte das Bündel ergriffen und zeigte – gleichsam als Beweis für harmlose Absichten – Baumsäge und Rigolspaten vor. »Na und?« fragte Bruder Karl. »Was soll ich damit? Meinen Sie, nur weil ich ein bißchen Kaninchenstreu gesammelt habe, würde ich auch den Leuten die Obstbäume aus den Gärten graben!« Der Pastor schwieg. Bruder Karl wechselte den Umgangston und sagte versöhnlich: »Wenn Sie Verwendung für das Zeug haben, behalten Sie es!« – »Es gehört *Ihnen*!« sagte der Pastor beharrlich. Er stieß den Spaten neben das Seitenbrett des Hängers und schob die Säge darüber. »Verstehe!« nickte Bruder Karl und steckte sich eine leere Pfeife in den Mund. »Sie haben was gegen meine Streu.« »Es ist nicht *Ihre* Streu!« berichtigte Pastor Senftleben geduldig. Bruder Karl sah über das Feld, das sich bis zu den letzten Sternen zu weiten schien und, wie auf dem Paradeplatz ausgerichtet, quadrige Strohballen präsentierte. »Und was, meinen Sie, soll ich tun?« – »Das ist eine dumme Frage«, antwortete Senftleben unsanft. »Legen Sie es dahin, woher Sie es genommen haben!« – »Daß Sie mir noch in die Quere kommen heute abend!« murrte Bruder Karl. »Und wenn ich es nun nicht hinbringe? Würden Sie mich anzeigen? Könnten Sie das tun? Ich meine, es gehört schon viel Bösartigkeit dazu, einen Menschen anzuzeigen.« – »Ich werde Sie nicht anzeigen«, sagte der Pastor.

Er trat auf das abgeerntete Feld zurück und schien den leeren Beutel zu suchen. Er hörte, wie sich hinter seinem Rücken Bruder Karl mit seinem Fuhrwerk wieder in

Bewegung setzte. Das Stroh schleifte an den Fahrradspeichen des Hängers. Dann setzte das Geräusch aus, und Bruder Karl rief: »Halten Sie da hinten eine Andacht, Herr Pastor?« – Senftleben antwortete ihm nicht. Er verließ den Acker und ging auf ihn zu. »Schön, daß Sie mich noch ein Stück begleiten«, sagte Bruder Karl grinsend und schob sein Fahrrad wieder an.

An einer Biegung gabelte sich der Weg. Der rechte führte über eine betonvergossene Brücke ins Dorf zurück. Ungefähr in der Mitte des linken war Bruder Karls Haus im Mondnebel zu erkennen. »Es ist mir zwar eine Ehre«, stichelte Bruder Karl, »daß Sie meine Gesellschaft ihrer häuslichen Gemütlichkeit vorziehen. Dennoch sollten Sie doch bedenken, daß Sie mit einem Dieb gehen.« »Oh, das sind Sie nicht«, kicherte der Pastor. »Nein?« Bruder Karl geriet ins Staunen. »Aber ich hatte den Eindruck, daß Sie auf dem Felde …« »Da waren Sie noch ein Dieb.« »Und jetzt nicht mehr?« »Moralisch schon. Doch das stört Sie ja nicht. Juristisch sind Sie es nicht mehr.«

Bruder Karl hatte es jetzt nur noch wenige Schritte bis zu seinem Hoftor, aber er blieb stehen. »Was haben Sie vorhin auf dem Felde getan, Pastor?« Senftleben lächelte. »Was meinen Sie, werden die zwei Strohballen auf Ihrem Hänger kosten? Sagen wir fünf Mark?« Bruder Karl zuckte zusammen. Er beugte sich über die Lenkstange seines Fahrrads und starrte Senftleben an. »Wollen Sie damit sagen …« Er schluckte. »Sie haben doch nicht, als Sie Ihre Andacht hielten, dort Geld zurückgelassen?« Der Pastor strahlte. »Ich hoffe, daß auch mein Zettel gefunden wird.« »Großer Gott, was für ein Zettel?« »Nun, es darf nicht wie Zufall aussehen, wenn dort Geld gefunden wird. Alles muß seine Ordnung haben.« »Kruzitürken, und da haben Sie …« – »Nur ›von einem Nachbarn‹ geschrieben«, suchte ihn der Pastor zu beruhigen. Aber

Bruder Karl warf sich mit ausgebreiteten Armen auf seine Diebesstreu. Seine Beine schienen ihn nicht mehr tragen zu wollen. »Ja, sind Sie von Sinnen, Herr? Ein Nachbar! Das Feld hat nur zwei! Den vom Froschteich und mich. Und nur ich habe Karnickel!« Er schwang sich plötzlich aufs Rad und fuhr mit polterndem Hänger den Weg zurück, den sie beide gekommen waren. Der Pastor folgte ihm langsam. Er lächelte und schlenkerte den leeren Beutel wie ein Einkaufsnetz in der Hand. An der Betonbrücke, dort, wo der Weg sich gabelt, trafen sie wieder aufeinander. »Da ist Ihr Geld!« schnaufte Bruder Karl und schob den Schein in Senftlebens Jackentasche. »Haben Sie nun alles, was Sie wollten?« Senftleben schlug fröhlich gegen den leeren Hänger. »Jetzt, wo Sie nicht mehr haben, was *Sie* wollten!« Er bot Bruder Karl die Hand. »Nehmen Sie sie! Einem ehrlichen Manne gebe ich sie gern!« Aber Bruder Karl setzte sich beleidigt auf sein erleichtertes Fahrzeug. Als Senftleben schon auf der Brücke war, wandte er sich im Sattel um und rief: »Sie sind mir vielleicht ein Schlitzohr, Pastor! Vielleicht kann ichs Ihnen mal vergelten!« Und er lachte.

Die Pastorin lachte nicht, als Traugott Senftleben zu so ungewöhnlich später Stunde nach Hause kam. Sie war in Sorge um ihn gewesen und hatte, als er mit dem elften Glockenschlag noch nicht bei ihr war, einige Freunde angerufen. Aber weder beim Drogisten hielt er sich auf noch beim Stellmacher, mit dem er zuweilen Schach spielte. Dessen Sohn aber wollte ihn gesehen haben. Wann? Nun, es war schon dunkel. Wo? Ja, das war das Eigenartige, mitten in der Feldmark, und überhaupt! Was er damit sagen wolle? Nun ja, nichts eigentlich. Nur, daß er so klammheimlich tat. Schleichen! Ja, er schlich! Ja, ja, wie ein Dieb, und der Sack über seiner Schulter würde auch dazu passen. Unsinn! Das war ihr Mann nicht. Sie unterbrach das Gespräch, dankte dem Jungen kurz und dachte nach.

So fand Traugott Senftleben sie vor. Neben dem Telefon sitzend, ernst und nachdenklich. »Traugott!« sagte sie, »wie siehst du nur aus!« Und sie ging um ihn herum, glättete seine Jacke und las härene Fusseln und Stroh von ihm ab. Dann schnupperte sie, bis ihr Geruchssinn sie in die Nähe des Beutels lenkte. Den riß sie ihm mit spitzen Fingern aus der Hand und warf ihn durch das Fenster in den Garten. »Traugott«, beklagte sie sich und holte tief Atem. »Zwar heißt es wohl: ›Weide meine Lämmer!‹ Aber nirgends wird dir anbefohlen, Ziegen zu hüten.«

Zwei Tage darauf, während schon die wildesten Gerüchte über die nächtliche Exkursion des Pastors straßauf, straßab trabten, machte sich Traugott Senftleben erhobenen Hauptes – seine Frau hatte es ihm aufgerichtet – noch einmal auf den Weg zum Töppchen-Müller. Zum einen war es seine Christenpflicht, nach dem Todkranken zu sehen, zum zweiten war da noch der Beutel, den er ihm zurückbringen wollte, und schließlich mußte er ihm, der gewiß ungeduldig darauf wartete, den Vollzug seines Auftrags melden. Im Vorgarten traf er auf den Arzt, der sich soeben von Mienchen verabschiedet hatte und nun kopfschüttelnd auf Traugott Senftleben zukam. »Ist es zu Ende?« fragte der Pastor. »Ich bin fassungslos!« sagte der Arzt. Er war noch immer am Kopfschütteln. »Und – wie kam es?« wagte Senftleben zu fragen. Er begann sich bittere Vorwürfe zu machen, dem Kranken nicht einen Tag früher sein unredliches Gewissen erleichtert zu haben. »Plötzlich, ganz überraschend ging es«, teilte der Arzt mit. Er zog eine Zigarette aus der Brusttasche und rauchte hastig. »Ich denke, es war der Schlaf. Ein langer

Schlaf kann manches bewirken.« – »Gewiß«, stotterte der Pastor. Er hing seinen eigenen Gedanken nach. Bei ihm bewirkte Töppchen-Müllers langer Schlaf mächtige Reuegefühle. »Nun, so werde ich seine Frau zumindest meines Mitgefühls versichern.« Er wollte an dem Arzt vorbei, der aber hielt ihn zurück und sah ihn schief an. »Mein lieber Herr Pastor, das lassen Sie dann aber Töppchen-Müller nicht hören. Und hören kann er so gut wie eh und je. Er lebt und schikaniert sogar sein Mienchen wieder. Nach Ihnen hat er schon einige Male gefragt.« Er ließ den verdutzten Pastor stehen, und der ging schließlich wie im Traume auf Mienchen zu, die lachend und weinend in der Tür stand.

»Na endlich, Herr Pastor!« empfing ihn Töppchen-Müller lärmend. »Den ganzen Morgen warte ich schon auf Sie.« Er wies einladend auf einen Stuhl. »Nun setzen Sie sich schon, und erzählen Sie!« Senftleben schwieg. Er war auf einen so lebendigen Töppchen-Müller nicht vorbereitet. Der saß – zwar von vier Federkissen gestützt – aufrecht im Bett, dünn und noch blaß starrte er den Pastor forschend an. Manchmal, wenn eine Ranke des Hausweins gegen das Fenster schlug, sah er mit begierigen Augen in den Garten hinaus. Keine Frage, es trieb ihn bereits nach draußen. »Ich habe gehandelt, wie Sie es wünschten«, sagte der Pastor dumpf. Er kam sich lächerlich vor, als wäre er einem ins Meer nachgeschwommen, der um Hilfe gerufen hatte aus purem Spaß. »Ja, wer hätte das gedacht!« sagte zufrieden der Hausherr und schlug vergnügt auf das dicke Federbett. »Wie es aussieht, werde ich nächste Woche den Stall abputzen können, das heißt, wenn das Wetter so bleibt.« Er zog die Brauen zusammen und wiegte spitzbübisch den Kopf. »Vom Finze-Berthold die Kelle wird mir allerdings schon fehlen. Die lag gut in der Hand. Sie haben *alles* schon abgegeben, sagen Sie?« –

»Was sind Sie nur für ein Mensch?« fragte der Pastor mürrisch. »Fast könnte ich glauben, Sie bedauern Ihre vorgestrige Ehrsamkeit!« – »Da kränken Sie mich aber sehr!« meinte Töppchen-Müller beleidigt. »Schließlich, was soll ein Toter mit Handwerkszeug, nicht wahr?« Er winkte ab, wohl um den Pastor in seiner Grämlichkeit zu beschwichtigen. »Den Mörteleimer brauchen Sie nun nicht gleich wegzubringen. Der kann warten. Erst will ich den Stall abputzen.« – »Der Mörteleimer ist dort, wo er hingehört!« trumpfte Senftleben auf. Frohlocken war in seiner Stimme. Töppchen-Müller fuhr mit einem entrüsteten Schnaufer zurück. Die Kissen verbargen sein Gesicht. »Hat sich der Kerl wenigstens gefreut?« fragte er grimmig. »Das weiß ich nicht.« – »Das wissen Sie nicht?« Töppchen-Müllers Gesicht hob sich neugierig über die Kissen. »Nein!« schrie Traugott Senftleben. Er mußte an das blamable Zusammentreffen mit Finze-Berthold am Zaune denken, und es war die Unsicherheit, die seine Stimme laut machte. »Ich weiß es nicht. Ich habe Ihren Kaspar Berger nicht angetroffen. Ich habe den elenden Bottich hochgehoben und in seinen Garten geworfen. Dort soll ihn aus den Nesseln holen, wer will, oder er mag rosten bis zum Jüngsten Tag!« Es drängte ihn, die Kammer zu verlassen. Ein wenig schämte er sich wegen seines unwürdigen Ausbruchs. Er erhob sich und klätschelte versöhnlich eines der Kopfkissen. »Entschuldigen Sie«, sagte er. Aber Töppchen-Müller schien versonnen. Milde reichte er dem Pastor eine Hand und lächelte freundschaftlich. So deutete es wenigstens der Pastor. Und als Töppchen-Müller noch einmal fragte: »Also im Garten? In den Nesseln?«, wandte sich der Pastor vor Scham über sein Versagen ab, nickte mit dem Kopfe und verließ auf Zehenspitzen das Zimmer.

Daß Töppchen-Müllers Lächeln eine andere, völlig andere Ursache hatte, erfuhr der Pastor noch in der gleichen Woche. Der schöne Alfons war wieder einmal von einer späten »Sitzung« auf dem Nachhauseweg und sah eine verdächtige Gestalt über den Weg schleichen und alsbald über einen Gartenzaun steigen. Er verbarg sich hinter einem Holunderstrauch und beobachtete, wie der Eindringling in die Knie ging und den Boden nach etwas absuchte. Nach kurzer Zeit trat der Verdächtige wieder an den Zaun zurück und warf ein Blechgefäß auf den Weg. Als der Täter auf der Zinne des Zauns balancierte, hielt der Verkaufsstellenleiter die Zeit für gekommen, ihm herabzuhelfen. Es war Töppchen-Müller, der dabei war, des Pastors »Voreiligkeit«, die Rückgabe des Mörteleimers, zu reklamieren – wenn man es so nennen will.

War es nur Zufall, daß der schöne, geschwätzige Alfons zur gleichen Minute auftauchte, als Töppchen-Müller einen unerfreulichen Rückfall in die Unehrenhaftigkeit bekam? Es *sollte* gewiß so sein. Denn schon als der erste Bus frühmorgens aus dem Dorfe rollte, begann der Buschfunk alt und jung über Töppchen-Müllers Sammlerleidenschaft in genaueste Kenntnis zu setzen. An Pastor Senftleben blieb kein Splitter des Ärgernisses hängen, man könnte sagen, nicht ein Ziegenhaar. Die ihn am meisten priesen aber waren der Schrage-Atze, die Mieme Junkert, der Zicken-Müller und, sehr laut, der Bruder Karl. Nur Töppchen-Müller beteiligte sich an der überraschenden Verehrung für Traugott Senftleben nicht, und er drehte den Kopf auf die andere Seite, wenn er ihm begegnete. Der Mann hatte ihm nichts als Scherereien gemacht.

Spargel wächst überall

Pastor Senftleben hatte sich entschlossen, im Pfarrgarten einige Quadratmeter Unland für den Spargelbau zu nutzen. Die Auswahl der Bodenfrucht war bisher die Domäne seiner Frau gewesen, auch die Anlage der Beete, kurz, die ganze gesunde Gartenarbeit. Aber nachdem er in der Chronik der Pfarrei ein vergilbtes Bild des Gartens anno 21 gesehen hatte, wo hinter dem malvenhohen Zaun der Spargel mindestens daumendick sproß, konnte er das Frühjahr kaum erwarten, sein Lieblingsgemüse zu pflanzen.

»Warum haben wir diese Delikatesse nicht längst schon angebaut?« fragte er seine Frau beim Studium des Buches »ALLES ÜBER DEN SPARGEL«. Die Pastorin hob die Brauen. »Vermutlich, weil ich bisher niemanden hatte, der die Dämme hochschaufelte«, bedachte sie. Er glaubte einen leichten Vorwurf herauszuhören und sagte: »Nun, so wird es dich wundern, wenn ich dir versichere, daß ich mich ganz und gar in meiner freien Zeit dem Spargelbau widmen werde.« Sie erwiderte nichts. »Was hältst du davon?« wollte er wissen. »Oh, es wäre schön, im Frühjahr Butterspargel zu haben dann und wann.« »Nicht dann und wann«, unterbrach er sie, »sondern selbstverständlich in gehöriger Menge des öfteren!« Sie nickte. »Es scheint dir ernst damit zu sein?« Er war überrascht. »Du fragst wie mein Vater, als er hörte, ich wollte Pastor werden. Du zweifelst?« Sie rieb mit dem Schürzenzipfel an einem Keramikteller. »Es ist nur, weil du noch keine …« »Keine Ahnung hast, meinst du, Erfahrung?« unterbrach er sie wieder. Er lächelte siegesgewiß und beklopfte »ALLES ÜBER DEN SPARGEL«. »Ich frage dich, wozu gibt es Bücher?« Er umarmte sie und drückte zärtlich ihren Arm. »Außerdem habe ich eine kluge Frau!« Sie lächelte vielsagend. »Oft nicht klug genug, Traugott. Das wenige, was ich über dieses Gemüse weiß, ist, wie man es zubereitet. Und noch etwas, dem du allerdings keine Bedeutung beimessen wirst. Dies hier ist keine Spargelgegend. Mir ist niemand bekannt, der hier Spargel anbaut.« Er schüttelte den Kopf. »Als wir in dieses Dorf kamen, erinnerst du dich, was wir zuerst beim Kreisoberpfarrer und dann immer wieder hörten?« »Ich war ja dabei, Traugott.« »›Ein Hirt sind Sie‹, haben alle gesagt, ›aber ein Hirt ohne Herde.‹ Und habe ich jetzt eine Herde, Elschen? Nicht wahr, ich habe eine! Sie ist klein, aber ich habe eine Herde.« Sie sah ihn belustigt an und dachte: Mein Junge, mein großer, ungeschickter, tapferer Junge! Es muß ihm sehr ernst sein, wenn er mich mal wieder mit meinem Vornamen anspricht.

Es stimmte, es war ihm gelungen, eine kleine Schar von Menschen Sonntag für Sonntag um sich zu versammeln. Ein Erfolg, der nach vielen Jahren eingetreten war. Und ein Erfolg, der nach ebenso vielen Jahren im Grunde nicht größer geworden war. Enttäuschungen, Niederlagen, welk gewordene Hoffnungen. Er muß sich von Zeit zu Zeit wieder einmal Mut machen, dachte sie, wie andere sich Mut machten, indem sie pfiffen oder tranken oder irgendwas ganz Ausgefallenes, ganz Verrücktes taten, um sich zu bestätigen. Sie sah ihn am Fenster stehen und in den Pfarrgarten hinabstarren. »Du meinst, ich sollte gar nicht erst anfangen?« Sie trat zu ihm und legte den Arm um ihn. »Du hast doch schon angefangen, Traugott!« »Woher weißt du?« wunderte er sich und mußte lachen. »Tatsächlich habe ich die Pflanzen schon bestellt. Ich weiß auch schon haargenau die Stelle, wohin sie kommen werden, nämlich an die Straßenseite, gleich hinter den Zaun, wo die meiste Sonne hinkommt.« Sie erschrak ein wenig. »An die Straße, Traugott, wo jeder Vorübergehende, was du tust oder nicht tust, beäugen kann?« »Habe ich mich zu schämen? Soll er beäugen, meine Liebe!« Er schwenkte triumphierend das alte Bild, wo der Spargel in herzerfreuender Pracht reihenweise vor dem Zaune stand. Sie sah kaum hin, nickte aber beeindruckt. »Du solltest das Bild allen, die zweifeln, zeigen!« »Aber wozu?« lachte er. »Ich weiß, es ist möglich, und gut!« »Und du willst ihn wirklich an die gleiche Stelle pflanzen?« versuchte sie nochmals einzuwenden und deutete auf das Foto. »Ja, freilich, sagte ich's nicht? Genau an den Zaun!« Sie rieb wieder am Keramikteller. »Nicht doch etwas weiter, wenigstens bis hinter die Stachelbeerbüsche?« »Nicht einen Fußbreit, meine Liebe! – Sag mal, worauf willst du hinaus?« »Traugott«, sagte die Pastorin ernst, »es heißt, wer an der Straße baut, hat viele Lehrmeister! Wenn die Leute sehen, daß du hinterm Zaune Spargel pflanzt, wirst du bald mehr Kritiker haben als Bruder Karls Hund Flöhe. Sie werden anfangen, über dein Vorhaben zu spotten, und alles, was du dagegen sagen wirst, wird ebenso vergeblich sein, als wolltest du sie von der Wichtigkeit deines Amtes überzeugen.« Er senkte den Kopf. »Du sprichst, als wolltest du die erste sein, die mir meinen Plan ausredet«, sagte er enttäuscht. Sie zog sanft an seinem Ohrläppchen. »Habe ich dich jemals im Stich gelassen, Traugott? Du solltest nur wissen, daß du keinen leichten Stand haben wirst, wenn du wieder einmal gegen den Strom schwimmst.« Traugott Senftleben sah seine Frau dankbar an. »Einen leichten Stand hatten wir beide wohl nie«, entgegnete er. »Gut, tu, was du für richtig hältst«, bestärkte ihn die Pastorin. »Bedenke aber, daß aus einem *nicht leichten* Stand ein *schwerer* werden kann. Wie auch immer«, und hier gab sie ihm einen leichten Klaps auf den Rücken, »ich halte zu dir.«

Als Meister Scherbaum wie jeden Morgen nach dem Erwachen das Fenster aufstieß, um bei frischer Luft seinen Frühsport zu treiben, blieb ihm beim Gähnen der Mond offen stehen. Gegenüber, hinter dem Zaune des Pfarrgartens, sah er den Pastor in gekrümmter Haltung mit einem Spaten die Erde umwühlen. Scherbaum kniff die Augen zusammen und führte einige energielose Strecksprünge aus. Der Meister war ehrenamtlich Vorsitzender der Gartensparte »BODENGARE«, deshalb mag niemand ihm verübeln, daß ihn ein gärtnernder Pastor augenblicklich mehr einnahm als ein paar hohe Sprünge, die er sowieso jeden Tag machte. Er verzichtete heute auf die Liegestütze, strich rund die Hälfte des Kniebeugepensums und starrte gebannt auf die in hohen Gummistiefeln und Latzhose steckende Gestalt, die dort unten etwas zu verbuddeln schien. Meister Scherbaum war neugierig zu erfahren, welche Notlage den Pastor wohl zum Spaten gedrängt haben mochte, ein Loch von bedeutenden Ausmaßen zu schaufeln. Es ist tief genug, um einen großen Hund zu vergraben, stellte er fest. Doch wie er wußte, hatten Pastors keinen Hund. Er sah unruhig auf die Uhr. Die Zeit für den Frühsport lief noch in dieser Minute ab. Meister Scherbaum beugte sich aus dem Fenster, und ihm kamen dabei die konfusesten Ideen. Suchte der Pastor einen Schatz? Vergrub er einen? Oder – – ihm stockte der Atem. Eine Szene aus dem Film »Der Graf von Monte Christo«, den er unlängst gesehen hatte, fiel ihm ein, wo ein Widersacher des Grafen ein Kind vergrub. Er schüttelte abwehrend den Kopf. Unsinn! Wie sollte ein totes Kind zu den Pastors kommen? Er hielt die Ungewißheit nicht länger aus. »Was soll's denn werden?« fragte er begierig über die Straße hinweg. »Ein Fundament? Oder was?«

Der Pastor fuhr bei dem überraschenden Zuruf ein wenig zusammen, ließ sich im übrigen aber nicht stören. »Nicht ›WAS‹ und nicht Fundament! Spargel soll's werden!« Meister Scherbaum drehte den Kopf in Schallrichtung, so daß ihm der Anblick des Pastors entging, der dabei war, das Gleichgewicht zu wahren, um nicht in das Erdloch zu rutschen. Meister Scherbaum nutzte die Hand, die er muschelförmig ans Ohr legte, und fragte: »Es wird *was?*« »Spargel!« wiederholte Traugott Senftleben geduldig. Vom Fenster kam ungläubiges Hüsteln. »Sehen Sie doch!« rief Senftleben eifrig. »Er wird hier üppige Bedingungen finden! Eben bin ich auf Wasser gestoßen!« »Mann Gottes!« brummte Meister Scherbaum und schrie hinunter: »Tun Sie nichts mehr! Keinen Spatenstich! Ich komme zu Ihnen!« Er stopfte sich im Lauf das Oberhemd in die Hose und jagte, als gelte es ein Leben, an seiner erstaunten Frau vorbei. »Hören Sie, guter Mann«, sagte er unten und zappelte aufgeregt hinter dem Zaun. »Es ist auf diesem Boden ganz und gar nicht möglich, Spargel zu bauen. Reis vielleicht, wenn wir chinesisches Wetter hätten. Sehen Sie doch, Sie sitzen ja direkt auf Wasser!« Er suchte fieberhaft nach einem Eingang, den es am Zaune nicht gab. »Auch dreht es mir das Herze um, wenn ich Sie graben sehe!« fügte er hinzu und maß unmutig die Höhe des Zauns mit den Augen. »Vielleicht *glauben* Sie, daß Sie umgraben, aber das tun Sie nicht!« »Sondern?«, fragte der Pastor angriffslustig. Er war, wie wir wissen, gegen Besserwisserei gewappnet. »Sie wühlen die Erde auf, Sie buddeln eine Gruft, Sie schaufeln einen Stollen, Gott weiß wohin«, erklärte der Spartenvorsitzende von »BODENGARE« schweratmend. »Ich kann das nicht mitansehen! Tun Sie mir den Gefallen und schippen Sie den Teich wieder zu!«

»Edmund!« rief die Frau des Fachmannes aus dem Fenster. »Willst du den Kaffee beim Pastor trinken oder wie?« »Weder das eine noch das andere!« schrie er zurück, ohne sich nach ihr umzudrehen. Er zog sich am Zaun hoch und zeigte aufgeregt auf eine Leiter, die an einem alten Pflaumenbaum lehnte. »Her damit! Nun bringen Sie mir schon die Leiter! Wenigstens wie man gräbt, will ich Ihnen zeigen!« Er stieg hastig über den Zaun und begann nach einigen mißtrauischen Rundblicken zu graben. »So«, sagte er, nachdem er eine saubere Kante gestochen hatte, und blickte sich abermals um. »Kapiert, wie man gräbt?« Er reichte dem Pastor den Spaten und griff nach einer Handvoll Aushub, den er knetete, beroch und quetschte. »Ton!« nickte er. »Hier wächst kein Spargel. Nie!«

»Edmund!« rief seine Frau abermals aus dem Fenster. Sie hielt eine Kaffeetasse in der Hand und blies energisch hinein. »Nimm wenigstens einen Happen! Ohne Frühstück laß ich dich nicht aus dem Haus!« Meister Scherbaum stieg über die Leiter zurück. »He, Sie, Herr Pastor!« flüsterte er, als er wieder auf der anderen Seite des Zauns stand. »Und keinen Mucks, daß ich bei Ihnen gewesen bin! Es heißt sonst noch, der Gartenspartenvorsitzende Scherbaum hätte Ihre Phantastereien gutgeheißen.«

Meister Scherbaum war nicht der einzige, der den Pastor für einen unbelehrbaren Narren hielt. Der alte Schrage, auf dem Wege zu seinen Wiesen, nannte ihn einen Wundergläubigen, dem es gewiß noch eines Tages in den Sinn käme, seine Teichkarpfen in die Erde zu stecken in der städterischen Überzeugung, es müßten draus Segelschiffe wachsen. »Das kommt daher«, sagte Bruder Karl, daß er als Pastor die Naturwissenschaften nicht studiert hat. Naturwissenschaftlich sind diese Leute reine Kinder, welche meinen, die Sonne ginge wirklich hinterm

Akazienberge auf und die blauen Wolken wären tatsächlich blau.« »Na grien sind sie allemal nich«, knurrte der alte Schrage. Bruder Karl, auch ein Städter, war ihm in Naturangelegenheiten genauso wenig vertrauenswürdig wie der Pastor. Er spuckte aus und wies mit dem Pfeifenende auf eine besonders große blaue Wolke. »In der Tat, sie scheint nur blau«, dozierte Bruder Karl wichtig und wollte einen populärwissenschaftlichen Vortrag über die Lichtbrechung in den oberen Luftschichten halten, aber der alte Schrage spuckte verächtlich aus und ging.

Auch zum Zicken-Müller hatte sich die Mär von Pastor Senftlebens Verdrehtheit herumgesprochen. Ein Bauer ist meist nachsichtig gegenüber Menschen, die nicht so sind wie er, die nicht so wie er denken, leben und handeln. Mit der winzigen Einschränkung, wenn das eigene Denken, Leben und Handeln davon nicht berührt wird. Als Zicken-Müller nun vor den tiefen Erdschrunden stand, die er, weil er stark kurzsichtig war, barmherzigerweise nur recht undeutlich wahrnahm, prophezeite er den beginnenden Niedergang aller Garten- und Kleintierfreunde. Er hatte, wenn auch nicht viel, dennoch genug gesehen und eilte zum Bürgermeister, von dem er verlangte, den Pfarrgarten – vor allem zum Wohle der Jungziegenhalter – ins Gemeindeeigentum zu überführen.

Der Bürgermeister war erst seit kurzem im Amt, war auch kein Bauer, und er winkte ab. »Vielleicht ist euer Pastor ein ›Meister von morgen‹. Die werden im Anfang immer verlacht.« Man wolle abwarten. Zicken-Müller war von dem Manne enttäuscht und fragte ihn recht von oben herab, ob der Herr Bürgermeister ein Stück Natur sein Eigen nenne. Er konnte keines nennen. Ob er mal Ziegen gezüchtet hätte. Auch das mußte der Bürgermeister verneinen. Weder Ziegen noch Pferde, nicht einmal Kaninchen und auch Hunde nicht. In der Stadt, führte er aus, sei Hundehaltung problematisch, vor allem für den Hund. Zicken-Müller wußte nun, daß so ein Mann kein Gesprächspartner für ihn sein konnte. Er schnaufte durch die Nase und verließ grußlos das Amtszimmer. Was gab es doch für bedauernswerte Menschen! Lebten dahin ohne ein Fleckchen eigene Erde, ohne irgendetwas, das um sie lebte und wuchs! Und so was schickte man aufs Land! Er beschloß, einen gepfefferten Artikel an seine Verbandszeitung zu schreiben.

Nach zwei Nächten und einem angebrochenen Nachmittag hatte er sein von ehrlicher Sorge um den gärtnerischen Fortschritt zeugendes Pamphlet auf einen sauberen Bogen gebracht: »Liebe GuK« – wir erinnern uns: die GuK war die Zeitung für Kleingärtner und Kleintierzüchter – »Liebe GuK, ich nehm dirs nicht übel, wenn Du nicht glaubst, was ich mit meinen eigenen Augen besehen mußte! Einfach ein Schkandal, liebe GuK, alldieweil unser Paster Spargel in Sumpflöchern pflanzen möcht. Auf diese Weise aber den Ziegen wertvolle Reserven, sagen wir mal, vorenthalten tut. Ich und andere haben es versucht, ihm selbigs auszureden und auch der alte Schrage. Dito gleichfalls auch ein Ackerdemicker mit namens Bruder Karl. Aber es hat nichts geholfen, vermöge daß der Paster vernagelt ist, dabei gutwillig, denn er hat mir nächtens einmal die Ziege gehalten. Ich würde mich freuen, wenn du ihm den Star stechen tätest, denn die Studierten halten das Wort nicht hoch, bloß den Buchstaben. In dauernder Verehrung. A. Müller, Ziegenzüchter. Noch was! Der letzte Artikel über Ziegen war gut, aber zu wenig!«

Wir müssen abwarten, was »GuK« ihm schreibt. Auch Zicken-Müller tut dies, und währenddessen hat Pastor Senftleben im Schweiße seines Angesichts weiter gegraben, hat sich Blasen an die Handflächen gearbeitet und

Schmerzen in den Rücken. Zwar waren die Anfechtungen von außen ihm nicht mehr neu, doch erschütterten sie sein inneres Gleichgewicht von Tag zu Tag mehr. Und obschon er nun schon die Spargelpflanzen im Geräteschuppen liegen hatte, begann er insgeheim zu zweifeln, ob er mit seinem Werk auf dem richtigen Wege sei. Kaspar Berger vermutete – lauter als ein Schwerhöriger gemeinhin spricht – der Pastor wolle gar nichts pflanzen, sondern mache die ersten Spatenstiche für den geplanten Anschluß an die Autobahn; und die alte Mieme Hinsche wollte wissen, daß hinter dem Zaun des Pfarrgartens endlich ein neuer Friedhof entstand, zu dem sie es alsdann nicht mehr so weit hätte wie zu dem alten.

Als der Pastor eines Morgens zwei Beutel Kochreis mitten auf seinem künftigen Spargelbeet fand, verließ ihn sein Vertrauen, und er wollte – geschunden, wie er sich fühlte – aufgeben. Aber seine Frau führte ihn zu dem hohen Stuhl, auf dem er in stillen Abendstunden gern saß, um seinen Hölderlin zu lesen, und sagte in bestimmtem Ton: »Bedenke gut, was du tun willst, Traugott! Läßt du jetzt alles stehen und liegen, wirst du nie erfahren, ob du am Ende nicht doch recht gehabt hättest.« »Ihr Spott nimmt kein Ende, sie versuchen mich mit ihren Reden«, klagte er müde. »Das nimmt mir allen Schwung. Am Anfang war ich überzeugt, es müßte gelingen. Jetzt bin ich voller Zweifel. Es sind zuviele, die meinen, recht zu haben.«

Das Gefühl, verlassen und einsam zu sein, kannte sie auch. Es war in den ersten Jahren in diesem Dorfe häufiger über sie gekommen. Es kam, wenn ihr die unausbleiblichen Mißerfolge allzu groß erschienen, und vor allem kam es, wenn der Mann, mit dem sie alles teilte, von *seiner* Verlassenheit sprach. Sie hatte dann das Gefühl, daß die Kraft, die von dem anderen zu ihr strömte, plötzlich versiegte, und ihr war einsam zumute, daß sie schauderte. Die Pastorin kämpfte gegen das Kältegefühl an, indem sie sich den Arm rieb. »Als ob dir das Gefühl neu wäre, allein und verlassen zu sein«, lächelte sie. »In Wirklichkeit aber, nicht wahr, waren wir es nie.« »Ich weiß«, nickte er nach einer langen Pause. Und indem er seine Frau ansah, atmete er tief auf. Es klang, als ob er lange unter Wasser gewesen wäre und an der Oberfläche endlich wieder Luft schöpfen konnte. »Also, meinst du, mache ich weiter?« fragte er noch zweifelnd, und sie nickte. »Ja, wir machen weiter.«

Eines Tages stand Berthold Finze vor dem Zaun. Er hielt sein Fahrrad zwischen den Knien und war dabei, sich eine Zigarette anzuzünden. Pastor Senftleben beachtete ihn nicht. Allmählich hatte er von Ratschlägen so viel, daß er Gedankensäcke damit füllen konnte. Berthold Finze rauchte, während er dem Pastor zusah. »Spargel, hör ich?« fragte er zwischen zwei Zügen. »Akkurat Spargel«, schnaufte der Pastor. Er schwitzte stark, und er befürchtete, er würde sein beschleunigtes Arbeitstempo nicht lange mehr durchhalten können. »Ich hörte auch, Sie haben ein Dokument«, begann der Finze-Berthold wieder und schob sein Rad näher an den Zaun. »Ich hätte es gern mal gesehen.« »Sehen? Was?« erkundigte sich Senftleben. Das Graben unter Finzes kundigen Blicken erforderte doppelte Kraft. »Sie sollen ein Bild haben, den Beweis, daß hier einmal Spargel gestanden hat!« Der Pastor erkannte, daß es unhöflich wäre, jetzt noch länger zu arbeiten. Es war auch höchste Zeit, sich einmal zu strecken. Fast wäre ihm beim Aufrichten ein lauter Schmerzensschrei entschlüpft. Zwar konnte er ihn mit Mühe unterdrücken, Finze-Bertholds Lächeln verriet ihm aber, daß ihm die Schmerzen, die ihm sein geschundener Rücken bereitete, anzusehen waren.

»Wie gesagt, es würde mich schon interessieren«, drängelte Finze und half dem Pastor von der Straße aus, sich gegen den Zaun zu lehnen. »Und warum?« fragte Senftleben schwach. Er schloß für einen Moment die Augen. »Ich möchte Ihnen gern den Erfolg gönnen, daß hier mal Spargel wächst.« »Sie glauben es also auch nicht!« Finze hob die Schultern. Glühende Asche fiel von der Zigarette wie rote Samenkörner auf die Erde. »Ehrlich gesagt, nein. Es ist kein Spargelboden.« »Aber«, fragte der Pastor und sah Berthold Finze an, »wenn Sie das Bild sähen, würden Sie mir glauben?« Er hob wieder die Schultern. Diesmal fiel keine Asche von der Zigarette. »Es wäre der Beweis, daß es möglich ist, nicht?« »Doch, doch, es ist möglich«, sagte Senftleben, wie um sich Mut zu machen. Finze hatte sich, die Arme wie auf eine hohe Fensterbank gestützt, über den Zaun gelehnt. Er schien zu warten. »Wozu?« fragte der Pastor erschöpft. Er hatte den Wunsch, möglichst lange mit dem Rücken an dem Zaun zu lehnen, am liebsten bis die Sterne hochkamen und seine Frau ihn von hier heimholen würde. So müde, wie er war, hielt er es für möglich, im Stehen einschlafen zu können. »Ich möchte Ihnen helfen«, hörte er Finze-Bertholds ruhige Stimme. »Aber ich muß wissen, daß Ihr Projekt kein Ding der Unmöglichkeit ist.« Und weil ihm Senftleben nicht antwortete, setzte er hinzu: »Das Dorf würde von zwei statt von einem Narren sprechen!« Traugott Senftleben verstand und seufzte. Vielleicht waren ein paar Schritte in aufrechter Haltung nicht verkehrt. Dennoch konnte er sich nicht sofort entschließen, seine Glieder zu bewegen. »Schon gut!« hörte er Finze und sah den Zigarettenstummel wie eine Sternschnuppe über das künftige Spargelbeet fliegen. Ächzend löste sich der Pastor vom Zaun. Finze unterstützte ihn diesmal nicht. »Warten Sie hier«, sagte Senftleben, »ich werde es holen.«

Er wußte, daß er das Foto mit der märchenhaften Spargelpracht hinter dem Pfarrgartenzaun unter eine Holzplastik auf dem Schreibtisch gelegt hatte. Aber dort war es nicht. Auch nicht in den Schubfächern. Er zog die Läden des alten Sekretärs auf, wühlte in der Ablage, in der er seine Korrespondenz aufbewahrte, und schüttete schließlich den Inhalt des Papierkorbes auf den Teppich. Dabei rief er nach seiner Frau, obwohl ihm mittlerweile bewußt wurde, daß sie nicht im Hause war. Länger konnte er nicht mehr suchen. Geknickt schlich er in den Garten zurück. Finze stand dort. Er hatte Senftlebens Spaten ergriffen und warf Erde zuhauf, als bekäme er einen Preis. »Lassen Sie mich weitermachen!« bat der Pastor mit Beherrschung. Finze schien ihn nicht gehört zu haben. »Es ist mir peinlich«, gestand Senftleben hüstelnd. »Ich kann das Bild nicht finden.« Finze schwieg, und der Hügel wuchs unter seinem Spaten. Der Pastor sah, daß auch bei ihm sich Schweißperlen auf der Stirn bildeten. Es erfüllte ihn mit Genugtuung, als hätte ihm jemand anerkennend auf die Schulter geklopft. »Schlau von Ihnen, in dem Loch das Wasser zu sammeln«, behauptete Berthold Finze, als er wieder einmal den klebrigen Spaten säubern mußte. Der Pastor stotterte etwas. Er wußte nicht recht, wie er zu dem Lobe kam. »Auch das ist gescheit!« versicherte ihm Finze und wies auf die Erdhügel. »So stehen die Spargel höher und kriegen keine nassen Füße.« Senftleben nickte. Er hatte seit Stunden nasse Füße. Auch verschwieg er, daß die Hügel, über die Finze so erfreut war, zufällig entstanden waren. Wo sonst hätte er den Aushub lagern sollen? In dem Loch, das nun fast schon ein Graben war, stand Wasser. Es schien nicht weiter anzusteigen. »Morgen komme ich wieder!« versprach Finze und sprang aus der Feuchtigkeit. »Hören Sie, lassen Sie alles, wie es ist!« Er schlug Traugott Senftleben auf die Schulter. »Wir werden das Kind schon schaukeln, Pastor!« Senftleben verstand nicht. Offenen Mundes sah er zu, wie Berthold Finze über den Zaun kletterte und sich auf das Fahrrad schwang.

Tags darauf – Traugott Senftleben saß mit seiner Frau ungeduldig beim Vesperkaffee – klingelte es an der Tür. Auf der Straße wendete ein Kastenwagen, von zwei Kleinpferden gezogen. Obenauf saß mürrisch der alte Schrage und nickte dem Pastor verlegen zu. »Wohin damit?« Mit dem Ellenbogen wies er auf den Berg krümelig-schwarzer Erde, den seine Pferdchen zogen. »Ich verstehe nicht«, gestand Senftleben, »ich habe nichts bestellt.« Der alte Schrage spuckte aus. »Das geht mir nuscht an. Da bedanken Se sich man beim Finze-Bertholden. Wohin also?« Der Pastor bewegte ratlos die Augen und hob die Schultern. Er hatte selber genug Erde. Der alte Schrage stieg brammelnd von seinem Fuhrwerk und beugte sich kritisch prüfend über den Zaun. Er schüttelte den Kopf. »Berthold is varrickt«, grantelte der Alte. »Eene Fotografie hätt' ihn ieberzeucht, spricht er.« Er betrachtete nachdenklich die hohen Dämme im Pfarrgarten. »Un dennoch, sag ich, wäärd keen Spargel wachsen. Weil er den Boden nich hat, darum!« Ohne den Pastor weiter zu beachten, lenkte er sein Fahrzeug rückwärts gegen den Zaun, spuckte diesmal in die Hände und schaufelte die Muttererde in den Pfarrgarten. Dann besah er sich nochmals verachtungsvoll das künftige Beet und kam zu dem Schluß: »Grienspargel, kann sein. Mickriger Grienspargel. Een Dutzend, mehr nich, und dinne wie Hiehnerknochen!«

»Er hat recht«, sagte Finze nachdenklich, als ihm Senftleben davon erzählte, »daß Sie Grünspargel ziehen müssen, keinen Bleichspargel«, fügte er auf einen jammervollen Blick des Pastors hinzu. Er nickte heftig. »Ja, das ist es! Grünspargel! Und von wegen mickrig! Ihre Fotografie beweist doch, daß er hier gedeiht!« Er tut, als hätte ich ihm das Bild gezeigt, dachte Traugott Senftleben. Nun, da ich es, wie es scheint, verlegt habe, will ich daran nicht rühren. Und starren Blicks half er Berthold Finze, den Mutterboden über die Dämme zu verteilen.

Als Meister Scherbaum an einem Tage, da die ersten Goldglöckchen anfingen zu blühen, wieder einmal, den Rumpf beugend, vor dem geöffneten Fenster stand, sah er, wie sich der Pastor und Finze-Berthold anschickten, die Spargel zu pflanzen. Er hatte das Treiben gegenüber täglich mit Sachverstand verfolgt und mußte bekennen, daß er als Vorsitzender der Gartensparte »BODENGARE« wenig oder gar nichts auszusetzen hatte. Das tiefe Umgraben war nicht verkehrt, auch das Aufwerfen der Dämme nicht und ganz und gar nicht das »Impfen« mit humushaltigem Mutterboden. Bis hier hatte er beim Aufzählen versonnen mit dem Kopfe genickt, aber plötzlich, ganz übergangslos, schüttelte er ihn. Etwas fehlte! Etwas, das notwendig war! Der Spartenvorsitzende ließ sein geschultes Auge über die Anlage hüpfen. Ja es fehlte. Vielmehr *er* fehlte! Nämlich der Mist! Sie hatten den Mist vergessen! Da war auch eine Fuhre bester Muttererde kein Ersatz! Er verzichtete auf Liegestütze und Hocksprünge, zog sich die Hosenträger über die Schultern und stieß fast mit seiner Frau zusammen, die ihm mit der Kaffeetasse entgegenkam. Bald tauchte er mit einer Schubkarre Karnickeldung am Zaun auf.

»Als Vorsitzender der Gartensparte ›BODENGARE‹ halte ich es für meine Pflicht, Fehler zu verhindern«, erklärte er knapp. So tummelten sich die drei Herren Ökonomen im Pfarrgarten, steckten die Reihen ab, hoben

Löcher aus, setzten die Pflanzen, füllten die Löcher aus und tranken zum Abschluß einen Doppelkorn, den die Pastorin in Eile heruntergebracht hatte. Dann verabschiedeten sich die drei mit einer Herzlichkeit, als hätten sie ein Leben lang miteinander Spargel gepflanzt, und jeglicher ging an seinen Ort, denn alles weitere lag jetzt nicht mehr bei ihnen.

Allerdings – und das geschah immer öfter, je höher mit den Tagen die Sonne über die niedrigen Dorfdächer stieg – schien sie mitunter doch der Zweifel zu plagen, und es zog bald den einen, bald den anderen, am Ende alle drei zu den Spargelhügeln. Mit gerunzelten Stirnen äugten sie nach winzigen Federstengeln, seufzten tief und schmerzlich, wenn es nur Unkraut war, was sie in Entdeckerfreude schon fast bejubelt hatten, und schlichen mit gesenkten Köpfen in ihre Häuser. Dabei konnten sie von Glück sagen, wenn sie auf dem Heimwege nicht einem von der Liga der Ungläubigen über den Weg liefen. Kaspar Berger – auch wenn er sich im spargelentferntesten Gespräch befand – unterbrach es sofort und schrie: »Nu macht mal Trab, daß die Autobahn fertig wird! Ich will Pfingsten nach Zerbst auf den Heiratsmarkt fahren!« Natürlich gab er nur an, denn Kaspar Berger hatte eine Frau, und er durfte froh sein, daß sie es nicht hörte. Witze anderer Art mußten sie sich von der Mieme Hinsche gefallen lassen, die eines Tags angehumpelt kam, als unsere drei wieder einmal am Zaun standen, und sehr energisch darauf bestand, ihr »Plätzchen für die Ewigkeit« unter dem ersten Spargeldamm zu besehen. Bruder Karl war der stillste unter den Spöttern. Er lächelte nur, aber dieses Lächeln enthielt so ziemlich alles, worüber ein blutvoller Mensch in Rage geraten mußte. Der alte Schrage nahm eine Sonderstellung ein. Er befand sich in der mißlichen

Lage eines aufrechten Eiferers, der darunter litt, durch das Abladen einer Fuhre Mutterboden kollaboriert zu haben. Er beließ es dabei auszuspucken, wobei er allerdings in Zweifel ließ, ob er damit einen von den dreien oder sich selber meinte. Der einzige, der sich kaum etwas anmerken ließ, war Zicken-Müller. Wie immer tippte er an seine Mütze, wenn er jemandem begegnete. Eine Spur lässiger, wenn man genau hinsah. Wußte er doch seit dem Gespräch mit dem Bürgermeister, wie hoch und erhaben er über denen stand, die keine Natur hatten und keine Korrespondenz mit der »GuK«. Jeden Tag wartete er auf eine Antwort seiner Fachzeitung, und als er sie endlich in Händen hielt, verzog er sich mit ihr in den Stall, den einzigen Ort, an dem ihn seine vielen Kinder nicht störten. Da setzte er sich auf die eiserne Futterraufe seines Stammbockes »Moritz« und las:

»Lieber Garten- und Kleintierfreund Müller!

Wir danken Dir für Deine Zuschrift. Dazu kurz unsere Meinung: Freilich läßt sich im Sumpf Spargel nicht kultivieren, jedoch finden wir, daß Sumpfgräser auf Dauer (auch getrocknet) nicht das geeignete Ziegenfutter ist. Es empfiehlt sich, eine Bodenprobe des Sumpfteiles an die nächstgelegene Prüfstelle einzusenden, die dann weitere Empfehlungen für eine etwaige Bodenverbesserung angibt. Übrigens könnte eine Drainage eventuell Abhilfe schaffen. (Dazu Dr. Evelyn Fleischer-Kochstädt, GuK 14 B., S. 6 ff.)«

»Hammel!« kommentierte Zicken-Müller laut und knautschte das Schreiben zusammen. Er war enttäuscht.
Seit Meister Scherbaum dem Team der Spargelbauer angehörte, galt sein erster Blick vor dem Frühsport den

Dämmen hinterm Zaun. Dort sah er an einem trüben Tage vor der erst zur Hälfte sichtbaren Sonnenscheibe eine Gestalt umherspringen, in der er mit zusammengekniffenen Augen den Pastor erkannte. Merkwürdig, wie der Mann sich dort drüben bewegte! Bald beugte er sich zur Erde nieder, sprang kurze Zeit später plötzlich wieder auf, um erneut fast zur Gänze hinter den Spargeldämmen zu verschwinden und – kaum gelang es dem Meister, bis drei zu zählen – gleich wieder hochzuschnellen. War das eine Art Freudentanz? So weit es ihm möglich war, beugte sich der Spartenvorsitzende aus dem Fenster. »Was ist?« schrie er über die Straße. »Ist es wirklich Spargel oder was?«

Der Pastor schrak zusammen und setzte sein Bein, das er zu neuem erkundungsfrohem Ausschreiten erhoben hatte, zurück. »Aber ja!« flüsterte er durch die zu einem Schalltrichter geformten Hände. Dabei sah er ängstlich zu den schläfrigen Häusern hinüber. »Ganz ohne Zweifel ist es Spargel, und nicht nur einer!« artikulierte er etwas lauter, denn er befürchtete, der Spartenvorsitzende, lehnte er sich weiter vor, könnte aus dem Fenster fallen. Meister Scherbaum zog sich zurück, beugte sich dann nochmals vor und fragte: »Und Sie sind sicher, daß es sich diesmal nicht wieder um Equisetum arvense, den Gemeinen Schachtelhalm, handelt?« Damit spielte er auf eine vorwöchige Fehlleistung des Pastors an. Doch den, in seinem Hochgefühl, konnte der Vorwurf nicht verstimmen. Er schüttelte den Kopf. »Diesmal kein Equisetum, Herr Nachbar! Edler, guter Spargel. Er hat sich durchgesetzt! Endlich!« »Das muß ich mir ansehen!« schrie der Spartenvorsitzende, bewegt von Stolz und Mißtrauen. »Rühren Sie sich nicht von der Stelle! Ich komme!« Und er eilte wieder einmal an seiner verdutzten Frau vorbei.

Diesmal hatte sich Traugott Senftleben nicht geirrt, es war Spargel. Er wuchs von Tag zu Tag und hatte bald die

Höhe des Vorgängers auf der leider nicht mehr auffindbaren Fotografie. Das ganze Dorf sprach kopfschüttelnd davon, doch die Liga der Überzeugungsgegner erwartete stündlich die Katastrophe: der Spargel könnte zur Unzeit das Wachstum einstellen oder mickerig und krank werden. Als aber dergleichen nicht geschehen wollte, die Setzlinge im Gegenteil üppig ins Kraut schossen, kam als erster der alte Schrage mit der Offenbarung heraus, daß eigentlich er der Vater dieses Riesengemüses sei. »Wenn der Pastor seinen Spargel nich in mein' guten Mutterboden gestellt hätte«, behauptete er, »ihr würdet aich allsamt die Nase putzen!« Bruder Karl als Wissenschaftler war ähnlicher Meinung. »Die Naturwissenschaft«, verkündete er, »beweist, daß Lebewesen unter gesunden Verhältnissen gedeihen, unabhängig von den subjektiven Anschauungen zum Beispiel eines fachunkundigen Pastors. Genau das meinte ich, als ich gleichnishaft« – und hier hielt er achtungsgebietend den Finger hoch – »von den blauen Wolken sprach, die schwarz sind, ob das einige wahrhaben wollen oder nicht.« Worauf der alte Schrage voller Verachtung über soviel Unsinn ausspie. Zicken-Müller lächelte nur bedeutungsvoll. Aber als die Mieme Hinsche am Nachmittag ihren wöchentlichen Ziegenkäse bei ihm abholte, sagte er zu ihr: »Wie sie sich alle spreizen tun, die Nichtwisser. Wer aber Grund dazu hätte, wär' ich! Alles an Kraft kommt aus dem Ziegenhorn, das ich in Pastors Spargelbeet vergraben hab. So ein Ziegenhorn stößt und treibt. Ganz klar, daß die Spargel hochgehen tun wie auf tausend Hefen.« Mieme Hinsche, interessiert, bald an ihren Käse zu kommen, nickte dazu.

»Jetzt müßte er so hoch sein wie auf der Fotografie«, sagte eines Tages der Finze-Berthold und paffte ein paar Grauwolken aus seiner Zigarette. Der Pastor maß das Spargelkraut abschätzig. »Könnte sein. Viel dürfte nicht mehr fehlen.« »Schade, daß Sie das Bild nicht mehr haben«, sagte Finze-Berthold. »Wahrhaftig, ich hätte es gern gesehen!« Die Pastorin verschnitt unweit von ihnen eine breite Buchsbaumhecke. Senftleben blickte zu ihr hinüber. »Was lächelst du?« fragte er argwöhnisch. »Aber das Bild ist doch da«, sagte sie und verbiß sich das Lachen. »Und wo ist es, bitte?« fragte er und hob die Brauen. »Ich habe es sichergestellt«, bekannte sie. »Du hast ...?« Sie nickte. »Damit es nicht in unberufene Hände gerät.« »Ich verstehe nicht ...«, sagte er und runzelte die Stirn. »Vielleicht versteht es dein Mitstreiter?« Sie zwinkerte dem Finze-Berthold zu. Der rührte sich nicht. »Gut«, sagte sie, »sie sollen das Bild sehen!« Sie verschwand im Hause, während die Männer sich stumm ansahen und Finze-Berthold sich nachdenklich das Kinn kraulte. »Sie hat es vor mir versteckt!« murrte der Pastor. »Ich möchte wissen, warum!« »Ja, warum wohl?« fragte seine Frau, die mit dem Bild zurückgekehrt war und es dem Finze-Berthold unter die Nase hielt. Der betrachtete es eine Weile versonnen, drehte es um – und erstarrte. »Was ist?« schreckte Senftleben hoch. »Was haben Sie?« Der wies wortlos auf eine Stelle in der linken oberen Ecke. Blaß, aber noch gut sichtbar war dort mit Tintenstift zu lesen: Herbst 1950, Pfarrgarten in Pritzerbe, Kreis Brandenburg. »Großer Gott!« stöhnte der Pastor beschämt. Ihm wurden die Beine schwer, und er ließ sich auf einem Ziegelhaufen unweit seines geliebten Spargels nieder. Das Bild zeigte nicht *seinen* Pfarrgarten, sondern einen, der weit weg von hier lag und in einer idealen Spargelgegend. Finze begann plötzlich zu lachen. »Und ich habe geglaubt ...!« »Und wenn Sie *gewußt* hätten?« fiel die Pastorin schnell ein. »Ich hätte keinen Handschlag dafür getan«, sagte er freimütig. Er stand auf und betrachtete lange den Spargel, dessen Wedel wahrhaftig fast so hoch waren wie die auf dem Pritzerber Bilde.

Am nächsten Tage kam er mit seinem Fotoapparat und knipste die Pflanzen, die nun schon wieder um eine Männerhand höher gewachsen waren. Das Bild bekamen die Pastorsleute nie zu sehen, wie das manchmal so geht. Aber wer weiß, vielleicht taucht es einmal irgendwo auf, bei jemandem, der Traugott Senftleben ähnlich ist. Und dann versucht er es auch und pflanzt Spargel womöglich in einer Wüste. Denn ich glaube, Spargel wächst überall.

Moritz Wagners Geheimnis

Als Pastor Senftleben, im Talar noch, nach einem Begräbnis nach Hause schritt, trat ihm ein Junge in den Weg. Ihn schicke die Mieme Wagner, und er möge zu ihr kommen, es sei dringend. Sonst wisse er nichts, sagte der Junge, aber sie habe verheulte Augen gehabt. Er schielte, während er sprach, zu zwei Gleichaltrigen, die eben den würdigen Gang Senftlebens nachäfften. Was konnte die Wagner-Erna von ihm wollen? Oder hatte ihr Mann nach ihm verlangt? Er lag seit vier Tagen im Krankenhaus. Nichts Schlimmes, wußten die Leute. Traugott Senftleben hob die Schultern. Die Fuhre Mist, die ihm Moritz Wagner unlängst zugestellt hatte, war bezahlt. »Geht es ihm schlechter?« fragte er den Jungen. »Wem?« »Na, woher kommst du denn?« versetzte der Pastor unwirsch. Der Junge hatte eben ein Zweimarkstück über den Kopf gehoben und damit zu seinen Kumpanen hinüber auf eine weiße Fahne gedeutet, die über der Ladentür des Dorfkonsums hing und die Aufschrift EIS trug. »Ich weiß nicht«, sagte der Junge und beobachtete seine Freunde, die sich unter der reglosen Fahne versammelt hatten. »Vielleicht ist er tot?« »Unsinn!« entfuhr es Senftleben, und plötzlich kam ihm der Gedanke, der Alte könnte ihn sprechen wollen, weil er sein Ende fühlte. Im Krankenhaus hatte er Zeit, über sich nachzudenken, und nun dauerte ihn wohl sein Geiz, die Lieblosigkeit und sein freudeloses Leben auf der »Ranch«, zu dem er sich und seine spät geheiratete Frau verdammt hatte. Freilich, aus manchem Saulus war spät noch ein Paulus geworden. Vor allem, wenn es aufs Letzte ging. Aber während der Pastor darüber nachdachte, fand er eine derartige Wandlung beim alten Moritz Wagner höchst unwahrscheinlich.

Jedoch immerhin ... »Kann ich gehen?« fragte der Junge. Er wartete Senftlebens Antwort nicht ab und rannte spornstreichs zu den Wartenden, die bald darauf mit ihm in den Konsum stürmten.

Pastor Senftleben stand noch ein paar Sekunden unschlüssig, dann lief er zurück zu einem schmalen, wenig begangenen Seitenpfad, auf dem er schnellstens zur Mieme Wagner gelangen konnte. Noch bevor er ihn erreicht hatte, sah er aus der Richtung des Friedhofs einen dicken kleinen Mann in dunklem Anzug trippeln. Er winkte einer alten Frau zu, die am Portal lehnte und müde eine leere Gießkanne schwenkte. Die Mieme Hinsche war das älteste Mitglied seines Sprengels und verbrachte ihr halbes Leben auf dem Friedhof. Auch heute hatte sie beim Begräbnis nicht gefehlt. Der kleine Mann aber war ihm nicht aufgefallen, auch nicht die beiden gleichfalls dunkelgekleideten Männer, die hinter dem Kleinen auftauchten. Der eine war schlank wie ein Minarett, der andere dagegen groß und mächtig wie der Turm zu Babel. Trotz der Flüchtigkeit der Begegnung bemerkte er, daß die drei Männer bei aller Unterschiedlichkeit ihrer Statur *eine* auffallende Ähnlichkeit hatten: die Gesichter zierte jeweils eine markante, *lange* Nase. Bei wem hatte er doch früher schon so eine mächtige Nase gesehen? Es wollte ihm nicht einfallen. Dafür erinnerte er sich jetzt, daß er dem Kleinen kürzlich auf einem Friedhof im Norden des Landes begegnet war, als er dem Begräbnis eines alten Freundes beigewohnt hatte. Der Kleine war der staatliche Bestattungsredner gewesen und Senftleben hatte zugestehen müssen, daß der Mann gut gesprochen hatte, besser, als er es erwartet hatte. Nur empfand er damals den Ausdruck eines schmerzlich-ironischen Lächelns als störend, mit dem der Mann seine tröstenden Worte begleitete. Es war diese Eigenart, an der er ihn soeben wiedererkannt hatte.

Auf dem schmalen Pfade, der zum Wagnerschen Gehöft führte, wurden die Kronen hoher Süßkirschenbäume sichtbar, unter denen sich die flachen Gebäude der »Ranch« verbargen. An Wagners hölzerner Tür hielten rostige Nägel ein Schild: MORITZ WAGNER. Gleich darunter war ein anderes befestigt, das vor einem bissigen Hund warnte. Das allerdings war reine Angstmacherei, wie er wußte. Der Hund hatte schon vor einigen Jahren das Zeitliche überwunden, und das einzige, was an ihn erinnerte, war das Schild, das vor ihm warnte. Pastor Senftleben probierte deshalb ohne Furcht die Tür, und da sie unverschlossen war, betrat er das Grundstück unter dem Geläut einer vereinigten Menge Harzer Kuhglocken, die zu seinen Häupten am Türbalken befestigt waren.

Mieme Wagner saß auf einer verwitterten Gartenbank neben einem Steinhaufen und ließ beim Aufstehen trockene Mohnkapseln aus ihrer Schürze in einen Eimer gleiten, der vor ihr stand. »Aber nein, doch man heute noch nicht!« rief sie ein über das andere Mal und starrte auf seine Gewandung. Senftleben beruhigte sie, er komme geradenwegs von einer Beerdigung und habe sich nicht umgezogen, weil der Junge ihr Anliegen so dringlich geschildert habe. »Und dennoch«, sagte sie, »mein Moritz ist tot.« Es war völlig unlogisch und zusammenhanglos, und sie glaubte wahrscheinlich immer noch, der Pastor sei gekommen, ihren Moritz heimzugeleiten. »Setzen Sie sich!« bat sie. Sie nahm auch wieder Platz und fuhr fort mit ihrer Arbeit, Mohnkapseln aufzubrechen. Gerade vorhin ehe die Glocken zu läuten anfingen, erzählte sie, war die Nachricht aus dem Krankenhause gekommen. Sie blickte auf. »Werden Sie ihn aussegnen?« Er starrte auf den Mohn und schwieg. »Ich habe das Kirchengeld für ihn bezahlt«, sagte die Frau. Der Pastor wußte es und nickte. Aber er schickte einen Seufzer nach. Senftleben hatte Moritz Wagner nie in seiner Kirche gesehen. Die Mieme mißverstand seinen Seufzer. »Er war nun mal nicht aus dem Holz, woraus unser Herrgott Heilige macht«, sagte sie, »und Sie wissen es, Herr Pastor.« Damit kam sie gedanklich sehr in seine Nähe, und Traugott Senftleben hätte Anlaß gehabt, noch einmal zu seufzen. Was er aber unterließ. Er war kein Freund von Wiederholungen. »Nicht, daß mein Moritz ein Bösewicht war«, glaubte die Mieme ihn in Schutz nehmen zu müssen. »Er hat geflucht und gewütet und dabei gerackert und gedarbt und sich dabei kaputtgemacht, wie man sieht. Er ist geizig gewesen, und manchmal ist ihm die Hand ausgerutscht, aber er hat das Seine zusammengehalten, wenn er auch ein Knicker war.« Sie äugte nachdenklich über die »Ranch«, wo unter den Süßkirschenbäumen einige Dutzend Gänse schnatterten, über zwanzig Hühner in einem umzäumten Rasenflecken scharrten und eine Schar flauschiger Schafe zwischen zwei flachen Stallungen grasten, in denen, wie Senftleben wußte, etliche Schweine und ein Bulle Jahr für Jahr gehalten wurden.

»Es müßte ein Haufen Geld da sein«, entfuhr es der Mieme. Sie hob schuldbewußt die Schultern. »Ich meine ja nur. Was der Moritz war, er hat verkauft und verkauft, aber es ist akkurat so gut wie nichts da.« Es war ihm peinlich, daß sie, kaum, daß der alte Wagner tot war, von Geld sprach. Aber es war nichts Außergewöhnliches und nicht das erste Mal, das er dergleichen erlebte. So sagte er nur: »Vielleicht hat er es auf die Bank getragen?« »Da war ich schon«, murrte die Witwe. »Kein Konto, kein Sparkassenbuch, auch kein Bargeld.« Sie kam sich übervorteilt vor und weinte. »Jetzt, wo er nicht mehr ist, kann ich es ja sagen! Jedes Jahr um diese Zeit zog es ihn von hier fort. Er nahm einen Koffer und war für eine Woche

verschwunden. ›Geschäfte‹, hat er gesagt, aber ich möchte beschwören, daß er es zu ihr gebracht hat, dem Weibsbild, das ...« Sie schloß schnappend den Mund und blickte auf den sinnierenden Pastor, der versonnen vor sich hinstarrte. Sehr laut, als ob sie die letzten Worte übertönen wollte, sagte sie: »Es ist auch *mein* Geld gewesen!« »Er hat mir jedes Jahr eine Fuhre Mist beschafft«, sagte der Pastor. Es drängte ihn, über den Toten etwas Gutes zu sagen. Doch es war ihm schon klar, daß er ihn allein mit dieser Tat wohl nicht ausreichend würdigen konnte. »Halten wir fest!« versuchte er es deshalb von neuem. »Punkt eins: Er war arbeitsam.« »Arbeitsam war er«, sagte die Mieme, »aber auch knickerig.« Senftleben überhörte den Einwurf. Er fuhr fort: »Und gefällig, Punkt zwo – der Mist«, erinnerte er, als sie ihn verwundert ansah. Sie zuckte mit den Schultern. »Überlegen Sie!« bat der Pastor und hielt den dritten Finger abzählbereit in die Höhe. »Er wird wohl außerdem noch ein paar gute Seiten gehabt haben?« »Nun, er hat gerne gelacht«, sagte die Frau und schüttelte den Kopf. »Über andere. Auch über Sie hat er gelacht.« »Ich weiß«, nickte Senftleben, und es gelang ihm, gelassen zu bleiben. »Auch war er gut zu den Viechern«, sann die Mieme Wagner laut. »Das ist eine schöne Eigenschaft!« rief der Pastor erfreut. Ihm fiel die Warnung ein, die außen an der Hoftür hing, und er äußerte die Vermutung: »An dem Hund hat er wohl sehr gehangen?« »Wie man's nimmt«, gab die Mieme Auskunft. »Irgendwann konnte er nicht mehr bellen, war heiser wie ein altes Radio. Moritz hat sich vor ihn hingestellt und gesagt: ›Ein Hund hat zu bellen, wie ein Huhn Eier legen muß. Wenn du nach einer Woche noch immer streikst, sind wir geschiedene Leute.‹« »Ich verstehe«, sagte der Pastor bekümmert. »Er hat ihn umbringen lassen?« Mieme Wagner verzog den Mund. »Sie kennen

Moritz nicht! Niemand kannte ihn hier. Irgend jemand wollte einen ruhigen Hund haben. Er hat ihn vorteilhaft verkauft. Mit Garantie.« Der Pastor räusperte sich betreten und steckte sein Notizbuch zurück. »Das kalte Herz«, sagte leise die Mieme. »Er hatte wie der Mann im Märchen einfach ein kaltes Herz.« »Ich werde sehen, was ich tun kann«, sagte der Pastor und erhob sich. Er ging ratloser, als er gekommen war.

Diesmal konnte ihm auch seine Frau wenig helfen. Der alte Wagner war im ganzen Dorf als freudloser, harter Mann bekannt, dem etwas schuldig zu bleiben niemand gelungen war, und der seinerseits keinem etwas schuldig blieb. Er war in den frühen sechziger Jahren ins Dorf gekommen, schon nicht mehr ganz jung, und hatte Erna geheiratet, die reichlich zehn Jahre jünger war als er. Wo er herkam und wie er gelebt hatte, darüber verlor er zeitlebens nie ein Wort, und auch von seiner Frau war darüber nichts zu hören. Nur die Mieme Hinsche, die lange Zeit außerorts gelebt hatte, verdrehte die Augen, wenn darauf die Rede kam, und sagte weiter nichts als: »Was ich nicht weiß, macht mich nicht heiß.« Was heißen sollte, daß sie etwas wußte, es aber nicht sagen wollte.

Von Moritz Wagners Ausflügen allerdings wußte die Pastorin. Auch daß er von ihnen stets mit knurriger Fröhlichkeit zurückkehrte, um bald wieder der harte, auf den Pfennig bedachte Mann zu sein. »Sag halt, daß er einer von uns war, Traugott, ein Mensch mit Narben und Schrunden, die er nicht verdeckt hat, wie es viele von uns tun«, meinte die Pastorin. Und nach einer Pause, in der sie über etwas nachzudenken schien, setzte sie hinzu: »Von deinem Lob am Grabe hängt für Moritz Wagner nichts ab, mein Lieber!« »Außer der Meinung derer, die es hören!« gab der Pastor zu bedenken. Worauf seine Frau nur nickte und kurz »eben« sagte.

So setzte sich Traugott Senftleben denn vor seinen mächtigen Schreibtisch und begann unter Seufzen seine Trauerrede auszuarbeiten, die – wie sich bald herausstellte – zu den schwierigsten zu zählen war, die ihm bisher auferlegt waren. Es war ein hartes Stück Arbeit und kam der Plackerei nahe, einen nackten Felsen zu pflügen. Außer der besagten Fuhre Mist für das Pfarrhaus hatte er keine weitere Tugend bei dem Verewigten entdecken können. Er habe Tiere gern gehabt, hatte seine Frau gesagt. Aber das hing sicher mit seinem Nützlichkeitsdenken zusammen, wie die Geschichte mit dem Hund zeigte. Es sprang also wieder nur höchstens eine halbe gute Tat heraus.

Freilich wollte der Pastor nicht aus den Augen verlieren, daß Ehefrauen die Taten ihrer Männer gelegentlich mißdeuteten. Jedenfalls sah er sich in der Lage, aus den anderthalb guten Taten und den vagen Äußerungen der Witwe eine ganze Reihe erfreulicher Eigenschaften abzuleiten, die den Moritz Wagner zu Lebzeiten ganz gewiß ausgezeichnet hatten. Vertragstreue etwa und, ja, auch Nächstenliebe – hier blickte der Pastor entschuldigend himmelwärts –, aber gewiß doch Pünktlichkeit und Prinzipienfestigkeit, Wohlwollen gegenüber Geschöpfen, die von ihm abhingen, und Verläßlichkeit. Am Ende hatte der tote Moritz Wagner den Gipfel humanen Tuns erklommen und befand sich in beklemmender Nähe eines Albert Schweizer. Da wurde dem guten Pastor angst, und er entschloß sich, aus dem edlen Bilde wenigstens deren zwei Eigenschaften zu streichen. Er versuchte es und sah ein, daß, zöge er auch nur *eine* ab, die übrigen den Halt verlieren würden. Mit schwerem Kopf erhob er sich vom Schreibtisch. Bis zur Wochenmitte ist noch Zeit, tröstete er sich. Aber im Drange der Arbeit dachte er immer weniger daran, und als der Tag der Beerdigung gekommen war, hatte er vergessen, worüber er nachdenken wollte.

Es war ein heller, milder Herbsttag, einer der Art, an denen Moritz Wagner, als er noch lebte, in die geheimnisvolle Ferne gezogen war, um dort sein Geld zu verjubeln. Pastor Senftleben, in der Hand Bibel und Gesangbuch, in einer kleinen Sondertasche des Talars das schwer erarbeitete Predigtfragment, schritt zunächst dem Trauerhaus zu, wo ihn Mieme Wagner mit Nachbarn und Freundinnen vom Kirchenchor erwartete. Seine Frau stand, wie meist bei solchen Anlässen, in der Kirche, um pünktlich, wenn der Sarg zur Grube getragen wurde, das Glockenläutwerk in Gang zu setzen. Senftleben nickte der aufgeregten Witwe beruhigend zu, und dann stellte er sich an die Spitze der kleinen Gruppe und wandelte mit ihr gemessenen Schritts durch das Dorf. Er hatte nicht bedacht, daß die alte Mieme Hinsche sich auch diesmal auf den Weg machen würde. Vom Ende des Zuges vernahm er ihr lauter werdendes Gezeter, indem sie erklärte, daß selbst der Weg zum Kirchhof nicht mehr sei, was er einmal war. Pastor Senftleben blieb nichts übrig, als seinen angepaßten Schritt noch mehr zu verlangsamen, und das in einer Weise, daß er bald fürchtete, seine Frau könnte die Glocken läuten, während er noch gar nicht den Fuß auf den Friedhof gesetzt hatte. Er sah nach hinten, ob seine Hilfe nötig sei, aber die Mieme Hinsche wankte schon zwischen zwei stämmigen Frauen dahin, die sie untergefaßt hatten. Sie entrüstete sich jetzt über ihr unbequemes Schuhwerk, schien aber dennoch nun einigermaßen Schritt halten zu können.

Als der Pastor endlich in den pappelgesäumten Hauptweg zur Kapelle einbog, stutzte er. Dort, wo Moritz Wagner seinen letzten Platz auf dieser Erde erhalten sollte, stand etwa ein Dutzend fremder Menschen,

Männer und Frauen in schwarzen Kleidern. Ernst und neugierig sahen sie den Ankommenden entgegen. Der Pastor wunderte sich. Konnte es sein, daß noch eine Beerdigung stattfand? Unsicher überflog sein Blick die Wartenden, und er zuckte zusammen. Gleich in der vordersten Reihe neben einer hageren Frau entdeckte er ein bekanntes Gesicht. Ohne Zweifel, dort stand der Bestattungsredner und schien ins Leere zu lächeln. Dicht hinter ihm erkannte er die beiden Schwarzgekleideten, die den Kleinen unlängst begleitet hatten. Dem erschrockenen Pastor fuhren eine Menge möglicher Erklärungen durch den Kopf, von denen schließlich nur eine zu taugen schien, nämlich, daß er wohl heute seine Trauerrede nicht halten und der Kleine an seiner Stelle sprechen würde. Er würde es nicht schlecht machen und hatte zwei seiner Anlernlinge mitgebracht, es ihnen zu weisen. Aber wer waren die anderen? Traugott Senftleben begann zu schwitzen und griff an die Stelle seines Talars, wo er die Trauerrede wußte. Als er nun die ersten Stufen zur Kapelle hinaufschritt, wäre er fast ins Stolpern gekommen, denn die Vorstellung, sich zwischen die Leuchter zu stellen, stumm und untätig, und dem lächelnden dicken Mann zuzuhören, ließ ihn erbeben. Wem hatte er den Irrtum zu verdanken? Dem Krankenhaus? Oder war es gar kein Irrtum? Hatte es der kranke Moritz Wagner in seinen letzten Augenblicken so bestimmt? Ihm und seiner Frau, von der er wußte, daß sie sein Kirchgeld bezahlte, einen Streich zu spielen? Oder ging das gar von ihr aus, vielleicht weil sie dachte: Gebt Gott, was Gottes, und den Menschen, was des Menschen ist, und: Doppelt genäht hält besser?

Inzwischen hatte er die letzte Stufe erklommen. Er wischte sich über die Stirn, faßte Bibel und Gesangbuch fester und schritt in aufrechter Haltung auf den matten Lichtschein zu, der aus der Kapelle kam. Scharrende Geräusche hinter ihm verrieten ihm, daß sich die Fremden dem Trauerzug angeschlossen hatten. Zu Häupten des Toten kehrte er sich den Versammelten zu und wartete, bis alle Platz genommen hatten. Zu seiner Beruhigung hatte sich auch der kleine Dicke hingesetzt. Allerdings stand sein Stuhl am Ende einer Reihe, was zu neuerlichen Befürchtungen Anlaß gab, an die der Pastor lieber nicht denken wollte. Er ließ ein Lied singen, was den Fremden unbekannt schien. Dann entfaltete er schnell seine Ansprache. Er mußte feststellen, daß schon seine ersten Worte über den Verblichenen von den Fremden mit wohlmeinendem Kopfnicken aufgenommen wurden. Als er Moritz Wagners Hilfsbereitschaft pries, sahen sich die Männer mit feuchten Augen an, und die fremden Frauen schnupften in ihre Tücher, während Mieme Wagner und ihr Anhang mit schiefgehaltenen Köpfen ein Dementi zu erwarten schienen. Doch er blickte in seine Ausarbeitung und sprach von des Entschlafenen Liebe – »zu den Tieren«, wollte er hinzufügen, tat es wohl auch, aber jener Zusatz ging unter im lauten Schluchzen der hageren Frau. Es löste eine allgemeine Schmerzensäußerung unter den Fremden aus, was von den Einheimischen mit stummer Verwunderung aufgenommen wurde. Traugott Senftleben las Verse aus der Schrift, und die Fremden beruhigten sich allmählich. Als die Träger kamen, um den Sarg zu holen, schloß er für einen Augenblick die Augen, denn er erwartete, daß nun der kleine dicke Mann seines Amtes walten würde. Aber das geschah nicht, obwohl – Senftleben glaubte, es in seinem Gesicht gelesen zu haben – er es gern getan hätte.

Als der Sarg nun beim ersten Glockenklang hinabgelassen wurde, stand die Mieme mit ihren Bekannten links vom Pastor, die Fremden verhielten rechts und in größerem Abstand. Sie warteten geduldig, bis die auf der linken ihre drei Fingerspitzen Sand auf den Sarg geworfen und der Mieme die Hand gegeben hatten. Dann schlossen sie sich an, und jeder von ihnen ließ noch eine Rosenknospe auf den Sarg fallen. Wie sie gekommen, gingen sie auf ihren Stellplatz zurück, und es sah aus, als warteten sie darauf, daß man jetzt auch ihnen die Hand reiche. Aber niemand tat es, und der Dicke sprach leise ein paar Worte zu den Seinen, während die ersten schon dem Ausgang zustrebten. Darauf schritt er mit dem Großen und der Hageren auf die Mieme Wagner zu, die sie forschend anblickte, und reichten ihr stumm die Hand. Sie sah ihnen noch nach, als sie wieder zurückgingen und der Kleine mit seinem Gefolge vor dem Pastor stehen blieb.

»Wir möchten Ihnen danken«, sagte er zu Senftleben. »So, wie Sie sagten, war er. Gewiß haben auch Sie sein gutes Herz gekannt.« »Nun, ich dachte ... ich glaubte ...«, sagte Senftleben verwirrt und schwang die Trauerrede, die er zusammengerollt in der Hand trug. Der dicke Mann schüttelte den Kopf. »Er wollte nicht, daß von uns einer spricht.« »Es sollte keiner wissen, wieviel er für uns getan hat«, sagte der Mächtige und rieb sich die fleischige Nase. »Wer sind Sie?« fragte der Pastor den Kleinen, doch in dem Augenblick, als er die Frage stellte, wußte er, an wen ihn die drei Männer erinnerten. Er erhielt keine Antwort, aber die alte Hinsche flüsterte: »Er ist Moritz Wagners jüngster Sohn. Er kam im Jahre, als die dort sich in die Ehe drängte.« Sie wies auf Erna, die über das Grab hinweg noch immer zu der Gruppe starrte, aber der Kleine trat zu Moritz Wagners zweiter Frau und berührte scheu ihren Arm. Dann wandte er sich Senftleben noch einmal zu. Indem er die Augen zukniff, als stünde hinter dem Pastor die volle Sonne, sagte er: »Sie haben erkannt, wie Vater war, wie er wirklich war. Er muß Ihnen nahegestanden haben.« Senftleben schwieg, und zum ersten Male störte es ihn nicht, daß der andere lächelte.

Das Krippenwunder

Regelmäßig im Oktober begann Pastor Senftlebens Frau mit den Proben zum Krippenspiel. Der Text war ein halbes Jahrhundert alt und das Ensemble jung, und die Hauptdarsteller waren fast immer neu. Meist verzog der Joseph in eine andere Stadt, um Autoschlosser zu werden oder Kranführer, Informatik zu studieren oder Chemie, und auch die Maria blieb selten seßhaft, ging ähnliche Wege wie ihr Joseph oder heiratete früh. Nur die Hirten und Engel alterten weniger schnell. Sie blieben länger ihrem heimatlichen Dorfe treu, wallten ein Jahr um das andere zur Weihnachtszeit durch das kerzenerhellte Dunkel der Kirche und ließen Gläubige und Schaulustige die Nacht in Bethlehem erleben.

Dieses Jahr nun fehlten bei der ersten Mittwochprobe gleich beide Hauptpersonen, die Maria *und* der Joseph. Die Pastorin mußte sich fürs erste bescheiden und konnte nur die Engelchöre ein wenig frohlocken lassen. So gut klang das nach einem Jahre Jubelpause nun auch nicht mehr, die Stimmchen schienen ein wenig eingerostet, aber nach einigen Hinweisen stieg in den Engelsköpfchen die Erinnerung an Vorjähriges wieder auf, und jedes fand nach anfänglichem Tasten seinen Part. Auch die Hirten. Sie hatten es schwerer als die Engel. Weil jeder von ihnen eine eigene Rolle hatte und nicht wie die hellgewandeten Engel vom Chorus übersprochen wurde, hatten sie das Wenige vergessen, das sie sagen mußten. Die Pastorin fügte noch einige Stellproben ein und sah zwischendurch etliche Male auf ihre Uhr. Sie hoffte, daß sich die Tür öffnen und Joseph wie die Jahre zuvor gemeinsam mit Maria eintreten würde.

In einer kurzen Pause gab sie ihrem Befremden über das Fehlen der beiden Ausdruck, und der dritte Hirte, ein sommersprossiger Fünftkläßner mit einem grauen Vaterhut auf dem Kopfe, kicherte in sich hinein, daß ihm der Hut über die Nase rutschte: »Die kommen nicht, dieses Mal nicht!« Die Pastorin winkte ihm näherzutreten. »Und warum kommen sie nicht, David?« »Dää-vid«, verbesserte der Junge. Die Pastorin seufzte. Sie verwechselte »Dävid« immer wieder mit dem anderen Engel, der David genannt werden wollte. »Also gut, ›Dävid‹. Nun, warum kommen sie diesmal nicht?« Der Junge hob die Schultern und grinste seinem Namensvetter zu. »Weiß nicht. Vielleicht sind sie dazu schon zu groß?«

Pastor Senftleben seufzte ebenfalls, als er davon hörte. »Was meinst du?« fragte er und sah seine Frau an. »Zehn Krippenspiele haben sie nun unverdrossen mitgewirkt, als Engel erst, dann als Hirten. Und nun die letzten drei Jahre als das Heilige Paar. Was ist nur in sie gefahren?« »Die höhere Schule in der Stadt«, bedachte die Frau. »Spott? Scham? Ich weiß nicht.« »Ich meine«, sagte der Pastor und nahm den Blick zurück, »wir sollten uns von ihrer ›Größe‹ überzeugen.« »Du willst, daß ich sie klipp und klar frage…?« Er nickte, doch dann, als habe er sich bei einem Fehler ertappt, sagte er: »Laß mal, *ich* werde gehen!« Vielleicht erwartete er, daß sie ihn zurückhielte? Sie wußte, wie hart es ihn ankam, ohne ein festes Predigtgefüge unter die Menschen zu gehen, über den Alltag zu sprechen, *ihren* Alltag, der vom Worte des Herrn nur selten aufgehellt wurde. Aber diesmal schwieg sie. Wollte er nicht nur ein guter Prediger, wollte er auch ein guter Pfarrer sein, mußte er auch den dunkelsten Alltag kennen. Die Welt war, wie sie war, und er war ein Zeitgenosse. Und wenn er sie ändern wollte, diese Welt – und er wollte es, sonst wäre er nicht geworden, was er war –, dann war es notwendig, die Menschen zu kennen, und er mußte ab und an zu ihnen gehen. »Aber bleib ruhig!«

mahnte sie lächelnd. »Und höre ihnen zu!« »Wofür hältst du mich?« fragte er fast ein bißchen beleidigt.

Es ging besser an, als er dachte, denn Joseph war nicht zu Hause. Er hieß Reinhard Voelzke, und von Voelzkes war überhaupt niemand da.

Pastor Senftleben summte frohgemut ein Lied vor sich hin, als er an dem Eigenheim klingelte, in dem Maria Schröter wohnte. Drinnen rief eine helle Stimme, Schritte auf Treppenstufen klappten, und Pastor Senftleben hörte auf zu summen.

»Ich muß dich sprechen, Maria. Hast du Zeit?« Es kam ihm vor, als sei sie enttäuscht, als habe sie anderen Besuch erwartet. »Es ist der Pastor, Mutter!« rief sie über die Schulter. Und zu Senftleben, etwas hastig, wie ihm schien: »Gehen Sie schon nach oben. Ich sage der Mutter, daß Sie nicht ihretwegen kommen.«

In Marias Stube brannte Licht. Schrankwand und Fernseher übersah Traugott Senftleben mit einem Blick. Am Fenster ein Sekretär mit herausschwenkbarer Schreibplatte, daneben eine sonnengelbe Polstergarnitur, an der Wand Poster von bärtigen Männern mit Instrumenten und abenteuerlich gekleideten Damen, wie sie früher nur im Zirkus zu sehen waren. Auf dem Sekretär lagen aufgeschlagene Schulbücher, neben ihnen ein umgefallenes Bild. Es widersprach seinem Ordnungssinn, und er stellte es auf. Er war nicht überrascht, als er Reinhard Voelzke darauf erkannte. Der Junge stand mit gekreuzten Beinen und verschränkten Armen an einer großquadrigen Mauer und gab sich mit Erfolg Mühe, unternehmend dreinzublicken. Der Pastor betrachtete das Bild noch, als Maria zurückkam. Sie wies ihm einen der sonnengelben Sessel zu, und aus den Augenwinkeln bemerkte er, während er sich setzte, daß sie die Fotografie unter eines ihrer Schulbücher schob. »Mutter hat Kaffee aufgesetzt«, unterrichtete sie ihn. Er hob die Arme und schüttelte den Kopf: »Unnötig! Sag' es ihr! Ich wollte dich nur fragen, warum du nicht mehr zur Probe kommst.« Sie runzelte die Brauen und deutete auf den Sekretär. »Außerdem – meinen Sie nicht, daß ich schon etwas alt dafür bin?« »Für das Krippenspiel?« Sie wandte ihm den Kopf zu, als erwartete sie, daß er weiterspreche. Als er nichts sagte, lächelte sie, unsicher, fand er. »Ich dachte, Sie würden mich verstehen«, sagte sie hastig. »Ich unter lauter Kindern. Da hört das Spiel einmal auf.« Es hatte keinen Zweck, ihr zu antworten. Er erhob sich. »Und Reinhard? Denkt er wie du?« Wieder sah sie ihn an, forschend und mißtrauisch. Er schickte einen Blick zum Sekretär hinüber, auf dem das Bild von Reinhard Voelzke gestanden hatte, das jetzt unter einem Stapel Schulbücher lag. Offensichtlich stimmte es zwischen den beiden nicht mehr, aber er mochte sie danach nicht fragen. Zudem spürte er, daß ihr nichts daran lag, gefragt zu werden. Sie war jung und fühlte sich älter als sie war, und der Pastor wußte, daß sie in jenem vertrackten Entwicklungszustand war, wo ein unbedachtes Wort sie verkrüppeln konnte. So lag ihm viel daran, sie von ihrem Mißtrauen zu erlösen, und er sagte: »Er kommt wie du nicht mehr. Ist es bei ihm auch das Alter? Oder schämt er sich aus anderen Gründen?« Ihre Brauen zuckten, dann lächelte sie ein wenig und warf den Kopf zurück. Als sie ihn danach ansah, blickten ihre Augen ruhig. »Wie meinen Sie das? Weshalb sollten wir uns schämen?« Merkwürdig, dachte er, sie sagt »wir«. »Meine Frau meint ...« Er unterbrach sich. »Weiß man in eurer Schule davon?« Sie wurde ärgerlich. »Was hat das mit der Schule zu tun?« »Nichts eigentlich. Nur daß ihr neu seid. Sie kennen euch nicht. Vielleicht ... es kann doch sein, daß euch jemand verspottet hat.« Sie überlegte. »Ja«, nickte sie. »Und zu Recht, finde ich. Es wäre auch nicht normal, wenn ich jetzt noch den Kindergarten besuchte. Vor allem, wo ich ...« Sie brach ab und eilte zur Tür. »Meine Mutter kommt mit dem Kaffee.« Er bewegte ablehnend den Kopf und sah ihr nach. Ihm schien, sie war breiter geworden, stärker und auch träger. Sie kam schon wieder zurück und trug ein Tablett mit Geschirr herein. Ihre Mutter folgte ihr. »Ich war eben schnell auf ein paar Windbeutel«, sagte sie, noch atemlos. Sie schob den Pastor auf einen Sessel zurück. Ihm fiel auf, daß sie, während Maria Kaffee eingoß, ihren Blick zwischen ihrer Tochter und ihm hin- und hergehen ließ. »Sind Sie einig geworden?« forschte sie und blies in die Tasse. »Ich weiß nicht«, sagte Pastor Senftleben vorsichtig. »Sind wir?« »Es gibt andere Mädchen für die Maria, die jünger und hübscher sind«, wich die Tochter aus. »Aber du hast sie immer gesprochen«, redete die Mutter zu. »Nicht immer.« »Die ganzen letzten Jahre immer. Immer, sobald du groß genug dazu warst.« Die Mutter schüttelte stumm den Kopf und machte dem Pastor heimlich ein Zeichen, daß sie ihn draußen zu sprechen wünsche. Er sah nach seiner Uhr und nickte ebenso heimlich zurück. »Ja«, sagte er, »dann muß ich mal wieder.« Er sah auf seine noch fast volle Tasse. Der Kaffee war noch immer brühend heiß. Es half nichts, er konnte nicht gehen, ohne ihn getrunken zu haben. »Willst du es nicht doch versuchen?« drängte die Mutter. »Wenn du ja sagst, wird auch Reinhard wieder der Joseph sein, du wirst sehen!« »Entschuldigt!« sagte Maria ruhig. Sie stand auf und ging rasch zur Tür. Frau Schröter blickte ihrer Tochter nach, als erwarte sie, daß sie noch einmal zurückkäme. »Da sehen Sie, wie sie geworden ist!« sagte sie leise. »Es ist aus zwischen ihr und Reinhard. Sie redet mit mir nicht darüber, aber mir kann sie nichts vormachen. Sonst hat er jeden Tag an der Haustür geklingelt.

Maria hier, Reinhard da. Seit Wochen ist Schweigen im Walde.« Sie pickte mit dem Finger ein paar Kuchenkrümel vom Tisch und streifte sie auf ihren Teller. »Hat sie Ihnen nichts gesagt?« – »Nichts darüber.« Der Pastor erhob sich. »Vielleicht zieht sich alles wieder zusammen.« Er streckte ihr die Hand hin, aber sie nahm sie nicht. »Herr Pastor, Sie sollten da etwas nachhelfen.« Er zeigte Überraschung. »Und wie stellen Sie sich das vor? Ich kann sie nicht zwingen, sich wieder zu lieben.« Frau Schröter griff jetzt nach der dargebotenen Hand. »Mir ging es nur um das Krippenspiel«, beteuerte sie. Seinen Dank wehrte sie ab.

Da war er also wieder einmal in einen Fettnapf getreten. Natürlich ging es der Frau nicht nur um das Krippenspiel. Aber was sollte er machen? Eher konnte ein ganzes kriegerisches Volk zum Frieden gezwungen werden als zwei Menschen, die sich einmal geliebt hatten, zur Liebe.

Die Pastorin gab ihm recht. »Selbst wenn du die störrischen Kinder zu den Proben gebracht hättest, mit Ärger und vielleicht Haß auf den anderen im Herzen wären sie mir ein gar unheiliges Paar gewesen. Aber was ist ein Krippenspiel ohne Maria und Joseph?«

Ja, da war wirklich guter Rat teuer, viel schlimmer, er war nirgends wenigstens zu sehen, der gute Rat. Und dennoch berieten sie und rieten hin und rieten her. Es war schon schlimm. Das Dorf war klein, und die Auswahl unter den Kindern nicht groß. »Wie wäre es, wenn wir den David als Joseph nähmen?« fragte der Pastor. »Du meinst gewiß den Dävid. Er spielt den dritten Hirten. Außerdem ist er zu klein für den Joseph.« »In dem Falle müßten wir eine kleine Maria nehmen.« »Aber wen?« Mandy war die beste in der Engelgruppe. Gab sie die Choreinsätze nicht an, kam das Jubilieren der himmlischen Heerscharen unweigerlich ins Stocken. Und den

Hirten »Dävid« als Joseph? Selbst wenn man ein Auge zudrückte, bestand er nicht. Er war eher ein Wichtel, mehr breit als hoch. Zudem sprach er manchmal Texte, die er bei den Proben nicht gelernt hatte. Beim Theater würde man sagen, er extemporierte. Aber auch dort hätte man an ihm wenig Freude gehabt, weil seine Zusätze meistens unpassend waren wie – sagen wir – Huflattichblätter an Rosen. Wußte er nicht weiter, wiederholte er, was er schon gesagt hatte, oder übernahm die Rolle des ersten oder zweiten Hirten, und fiel ihm gar nichts ein, nuschelte er: »Und so weiter und so fort.« Nein, David-Dävid war kein Joseph! Aber die anderen auch nicht. Einer sprach mit Fistelstimme, so daß Fremde nach dem Krippenspiel meist annahmen, er sei ein Mädchen, und der zweite Hirt – er kam zu den Proben, wann es ihm paßte – war der Pastorin zu unzuverlässig. »Es könnte sein«, sagte sie, »daß er am Heiligen Abend auch fehlt. Und was machen wir dann?« Der Pastor seufzte und war nahe daran, selbst den Joseph zu spielen. Sie müßte dann allerdings die Maria werden, dachte er und sah seine Frau kritisch an. Nein, es mußte ein anderer Weg begangen werden. Aber welcher? »Und die heiligen drei Könige?« fragte er. »Die heiligen drei Könige sind die Schwestern Silke, Anja und Kathrin, und ihre Mutter hat ihnen Prachtgewänder geschneidert. Unmöglich.« Der Pastor verstand, daß sich das »Unmöglich« auf die Schöpferin der königlichen Garderobe bezog. Dem Vergleich mit der maßgeschneiderten Pracht hielten die armseligen Kleider des Heiligen Paares nicht stand. Niemals wäre sie mit einem Rollentausch einverstanden gewesen.

Plötzlich klatschte die Pastorin in die Hände. »Ich hab's!« – »Ja, nun?« fragte der Pastor erwartungsvoll. »Der erste Hirt! – Ja, ja, er ist unerfahren, spielt dieses Jahr das erste Mal mit, aber, siehst du, im Gegensatz zu ›Dävid‹

behält er seine Rolle im Kopf, ist ziemlich groß, wie man sich den Joseph vorstellt, ...« »Und ein Ausbund an Albernheit!« vollendete der Pastor gequält. »Ein Hans-Dampf in allen Gassen. Tom Sawyer und Max nebst Moritz in einer Person. Und der ein Joseph?! Nie!« »Wir werden auf ihn achten«, versprach die Pastorin. Er hob die Schultern. »Und Maria?« »Nun, ich dachte da an ein Mädchen im Nachbarort. Lieb und schmal, die kleine Niemann-Anni.« Der Pastor atmete auf – und stockte. Ihm war etwas eingefallen: »Ist sie nicht schrecklich schüchtern? Auch spricht sie sehr leise. Erinnere dich, Liebe, als ich sie bei der Konfirmandenprüfung examinierte.« »Du hast sie gelobt, Traugott.« »Weil ich *gefühlt* habe, was sie sagen wollte. Gehört habe ich nichts. Ich bin sicher, kein Mensch im Saal hat sie gehört.« Die Pastorin hatte auch nichts gehört, aber sie blinzelte ihren Mann hoffnungsvoll an. »Laß uns nur machen, Traugott!«

Derweil vergingen die Oktobertage schneller, als man die Kalenderblätter abriß, und der November kam mit der schönen Adventszeit. Pastor Senftleben hatte sich in den letzten Wochen immer öfter nach dem Stand des Krippenspiels erkundigt und von seiner Frau entweder nur ein Kopfnicken oder ein »Dävid«sches Nuscheln statt einer Antwort geerntet. Deshalb war er verwundert, dieses Mal in klaren Worten zu hören, daß man endlich für die Aufführung bereit sei – bis auf geringste Mängel –, und sie lade ihn feierlich zur Requisitenprobe ein.

So saß denn der Pastor als einziger Zuschauer auf einem von den vielen Holzstühlen im Gemeindesaal und ließ kritischen Blicks die paarweise Einziehenden an sich vorübergleiten. Allen voran, lieblich und mild, die Niemann-Maria. Sie streifte den Pastor mit einem überraschten Blick und schien dann mit den Augen ihre Schuhspitzen zu suchen, die nur bei einem schnelleren Schritt aus dem langen Gewande hervorlugten. An ihrer Seite schlürfte der von der Pastorin zum Joseph beförderte erste Hirt. Auch er sah den Pastor, und seine Hände zuckten zu seinem runden Hute. Aber er wagte nicht, ihn abzunehmen, und so feixte er nur fröhlich und wanderte, noch müderen Ganges, neben der Anni-Maria her. Dahinter zogen die Hirten. Es waren mehr als im vorigen Jahre, und Traugott Senftleben fragte sich im stillen, wo in aller Welt seine Frau ein so starkes Hirtenvolk aufgetrieben haben mochte. Nun kamen die Engel in ihren weißen Nachthemden, mit unschuldigen Gesichtern und aufgeregt trippelnd. Die drei Könige wandelten einzeln vorüber, prachtvoll-bunt gekleidet: rot der erste, himmelblau der zweite und safrangelb der dritte. Er hatte sein Gesicht schwarz bemalt und trug ein funkelndes Kästchen in den Armen. Als letzte sah Pastor Senftleben seine Frau. Nach all den königlichen Gewändern wirkte ihr Alltagskleid dürftig. Sie trug es das siebente Jahr, fast solange sie in diesem Dorfe waren, und heftiges Mitleid und grenzenlose Liebe zogen ihm plötzlich das Herz zusammen. Ein neues Kleid, dachte der Pastor, sie soll zu Weihnachten ein Kleid haben, rot und himmelblau und safrangelb mit einer kleinen glitzernden Brosche auf der linken Seite und hinten einem Reißverschluß. Er liebte sie in diesem Augenblick so sehr, daß er sich in ihre Nähe wünschte. Und als sie an ihm vorüberging, hielt er einen Augenblick ihre Hand. Sie sah erstaunt auf ihn nieder, und das verwirrte ihn. »Woher hast du die vielen Hirten?« raunte er. Er war froh, daß ihm diese Frage so schnell eingefallen war, und er hörte sie zurückflüstern: »Sieh dich mal um! Es sind alles Geschwister!« Allein Bruder Karls Haus hatte außer den Zwillingen drei Hirten gestellt, von denen der Jüngste huckepack auf dem Rücken eines Bruders hockte. Aber noch zahlreicher schien der Niemann-Stamm vertreten zu sein, wie Senftleben an der Ähnlichkeit mit Anni erkennen konnte.

Die Pastorin hob die Hand, und die Engelgruppe lobpreiste ohne Fehler, was dem Oberengel Mandy zu verdanken war, der selbst das verirrteste Stimmlein noch vor dem Schlußtakt allemal einfing. Auch Joseph machte seine Sache gut. Die Pastorin hatte ihm den Schlapphut in die Augen gedrückt, daß seine Züge, beherrschte er sie einmal nicht, im tiefen Krempenschatten lägen.

Nun war Pastor Senftleben auf die Niemann-Anni gespannt. Gleich mußte sie antworten! Der Pastor beugte sich vor. Der Stuhl kippelte. Sprach sie? Er hörte nichts. Die kleine Anni bewegte die Lippen und starrte ihn an. Der Pastor nahm den Blick von ihr, schöpfte verhalten Atem und tat, als interessiere er sich sehr für die Fenster, die zur Straße hinaus lagen. »Nun, Annichen, nun, was ist denn?« hörte er die Stimme seiner Frau. Sie flüsterte mit dem Mädchen, und dann geschah das Wunder: das Annichen sprach, sprach laut und vernehmlich. Der Pastor traute seinen Ohren nicht. Deshalb ließ er vorsichtig seine Augen hinübergleiten. Kein Zweifel, Niemann-Annichens Lippen bewegten sich. Sie war es wirklich, die da sprach, und sie ließ sich jetzt auch durch des Pastors zweifelnde Blicke nicht mehr aus dem Text bringen.

Traugott Senftleben stand leise auf. Weihnachtlich gestimmt, verließ er den Saal. Dabei schüttelte er vergnügt den Kopf. »Ein Adventswunder, ein wirkliches Adventswunder! Einen Tausendsassa hab' ich zur Frau.«

Er hielt mit Lob nicht zurück. »Nur auf eines bitte ich dich zu achten!« Es war ihm eben eingefallen. »Sieh doch darauf, daß die kleine Niemann nicht die Augen schließt, während sie spricht!« »Weißt du, ich bin froh, daß sie es endlich macht«, sagte die Pastorin bestimmt. »Was denn, froh? Daß es aussieht, als ob sie schläft?« »Daß sie spricht«, verbesserte die Pastorin. »Anders war ihr die Menschenangst nicht zu nehmen. Es ist nicht da, was sie nicht sieht.« Pastor Senftleben lief seiner Frau nach, die der Küche zustrebte. »Aber es *ist* doch da, auch wenn man es nicht sieht«, rief er ungehalten. »Davon mußt du *mich* nicht überzeugen«, sagte sie.

Einen Tag vor dem dritten Advent hatte der Pastor eine Trauung, und er wurde danach, wie es vor allem auf kleineren Dörfern Sitte ist, zu Tische geladen. Das junge Paar hatte eine Gastwirtschaft im Ort ausgesucht. Das Lokal bestand aus nur einem Raum, der zur Hälfte von einer durchbrochenen Wand durchzogen wurde, die der Wirt mit künstlichen Weinranken behangen hatte. Pastor Senftleben saß mit dem Rücken zu Mauerwerk und Rebstöcken und konnte dem Skatspiel hinter sich deutlicher folgen als den Gesprächen neben sich. Als die Suppe aufgetragen wurde, klapperten hinter ihm Würfel, und auch die Spieler schienen gewechselt zu haben. Es waren jugendliche Stimmen, die er jetzt hörte, und an einer erkannte er Reinhard Voelzke. Es war nun, wo alle am Brauttisch mit der Suppe beschäftigt waren, recht ruhig in dieser Hälfte des Raumes. Reinhard Voelzke schien meist die niedrigsten Augen zu würfeln. »Pech im Spiel, Glück in der Liebe!« sagte einer der Mitspieler, worauf alle lachten. »Ein neues Spiel!« verlangte Reinhard Voelzke übel gelaunt, und wieder klapperten die Würfel über den Tisch.

Neben Pastor Senftleben saß die Brautmutter. »Sst!« machte sie und winkte seinen Kopf näher. »Ist das nicht ein Jammer mit dem jungen Voelzke? Da hängt er nun in den Wirtshäusern herum, spielt und trinkt. Mir tut nur seine kleine Freundin leid. Man sagt …« Der Redefluß der Brautmutter wurde von einem gemeinsamen Aufschrei hinter den Weinranken unterbrochen. Reinhard

Voelzke schien diesmal gewonnen zu haben, denn die anderen gratulierten ihm. »Eine Runde!« bestellte laut der Sieger. Die Bedienung schien seinen Wunsch vorausgesehen zu haben, denn fast augenblicklich war das dumpfe Aufsetzen von Biergläsern auf dem Pappfilz zu hören. Die Brautmutter war in ein Gespräch über Johannisbeerlikör gezogen worden und blickte den Pastor einmal entschuldigend an. Während der Braten aufgetragen wurde, stieg die Gesprächslust der Hochzeitsgäste wieder an, und ein etwas schlaffer älterer Herr mit ungesunder Gesichtsfarbe wollte von ihm wissen, was er angesichts des Waldsterbens vom Fällen der Weihnachtsbäume halte. Es war – schon der wachsenden Lautstärke wegen – ein mühsames Gespräch, zumal der Mann schleppend und undeutlich redete. Auch gefiel er sich in Monologen, so daß Traugott Senftleben es nach kurzer Zeit aufgab und sich darauf beschränkte, ihm mit gelegentlichen Ausrufen des Erstaunens zu signalisieren, daß er noch zuhörte. Der Mann wandte sich erst von ihm ab, als alle auf das Brautpaar anstießen. Danach entstand erneut eine Pause der Sammlung, in der die meisten zu überlegen schienen, ob sie ihr Thema fortsetzen oder sich einem anderen Gesprächspartner zuwenden sollten. In diesem Augenblick fiel hinter der Rebenwand ein Stuhl zu Boden, und man hörte Reinhard Voelzke deklamieren:

»Uns aber laßt zechen und krönen
mit Laubgewind
die Stirnen, die noch dem Schönen
ergeben sind.

Und bei den Posaunenstößen,
die eitel Wind,
lachen wir über Größen,
die keine sind!«

Senftleben spürte den alkoholisierten Atem in seinem Nacken und wurde sich bewußt, daß Reinhard den Kopf durch die Rebenwand gesteckt hatte. »Lachen wir über Größen, die keine sind!« wiederholte der Junge. Es waren Worte aus einem längst verschollenen Roman, dessen Verfasser Senftleben nicht einfiel, und er war froh darüber, weil er sich dadurch von der Unverschämtheit des Burschen ablenken konnte. Doch dann fühlte er eine Hand auf seiner Schulter, und Reinhard sagte: »Nun, Herr Pastor, ich hörte, daß Sie mit mir sprechen wollten. Stehe Ihnen hiermit zur Verfügung!« Heiterkeit am Tisch hinter der Wand, kaum unterdrücktes Prusten. Senftleben fühlte sich von der Hochzeitsgesellschaft angestarrt. Man erwartete etwas von ihm. Er vermied, jemandem in die Augen zu sehen, und erhob sich. »Ich komme zur dir«, sagte er langsam. Der Mann mit dem schlaffen Gesicht rückte mit seinem Stuhl beiseite. Die Brautmutter hatte sich halb erhoben. »Es tut mir leid«, flüsterte sie. »Es tut mir so leid.« Es war kaum zu hören.

Voelzke stand immer noch. Aber er schwankte. Am Tisch saßen zwei Jungen, die der Pastor nicht kannte. Intelligente Gesichter trotz der Alkoholspuren. Mitschüler, vermutete er. Sie grinsten noch immer, als er zu ihnen an den Tisch trat, aber sie starrten dabei auf ihre Biergläser. Traugott Senftleben zog sich einen Stuhl heran und setzte sich. »Ein Bier!« lallte Reinhard. Der Wirt stellte den umgefallenen Stuhl auf, griff den Jungen am Arm und zog ihn in Richtung Tür. Aber der Pastor winkte ihm abwehrend. »Wenn *Sie* ihn auf den Weg bringen wollen«, maulte der Wirt, »bitte!«

Voelzke hatte sich wieder gesetzt und versuchte, eine Zigarette anzuzünden. Er schien den Pastor völlig vergessen zu haben. Seinen Freunden am Tisch war das Schweigen langweilig geworden. Einer, hager und bebrillt, sagte: »Wenn hier das Wort zum Sonntag ausgetüftelt werden soll, wollen wir nicht stören.« Er stieß seinen Kumpel an und stand auf. Beide setzten sich mit ihren Gläsern an den Nachbartisch.

»Lachen wir über Größen, die keine sind«, murmelte Reinhard Voelzke und nickte diesmal zu seinen Freunden hinüber. Die rauchten und grinsten zurück. »Was war's, was du hier mit mir besprechen wolltest?« fragte der Pastor. Reinhard schüttelte den Kopf und suchte in seiner Jackentasche. Senftleben winkte dem Wirt. »Ich möchte zahlen!« Der Mann hob die Brauen. »Sie müssen's ja wissen.« »Erledigt«, sagte der Pastor und schob dem Jungen das Taschenfutter in die Jacke zurück. »Wir können gehen«. Der nickte. Pastor Senftleben hatte zu tun, ihn in einigermaßen gerader Haltung aus der Kneipe zu bringen.

Draußen ging es dem Jungen schlecht. »Wer sind Sie?« fragte er, als der Pastor ihn aus einer schmalen Toreinfahrt bugsierte. Es kostete ihn Überwindung, mit dem betrunkenen Jungen durch das halbe Dorf zu taumeln, und wenn ihnen jemand begegnete, wußte er nicht, ob er ihm ins Gesicht blicken oder ihn besser übersehen sollte. Die letzten Meter trug er ihn fast, aber da war es ihm schon gleichgültig, was die Leute von ihm dachten.

Mit Reinhards Vater schleppte er ihn die Treppe zu seinem Zimmer hinauf. Oben kümmerte sich die Mutter um ihn. »Haben Sie gehört, nach wem er auf der Treppe gerufen hat?« fragte der Vater. Der Pastor nickte. »Dieser Maria wegen säuft er«, sagte Voelzke. »Aber ich kann das Mädel verstehen. Oder würden Sie ...?« Voelzke unterbrach sich und sah den Pastor stumm an. Dann schien er es sich anders überlegt zu haben. Er streckte Senftleben die Hand entgegen und sagte: »Ich danke Ihnen. Danke.« Er drückte ihm dreimal die Hand und öffnete ihm gleichzeitig die Haustür.

Verwundert ging der Pastor seinem Hause zu. Was hatte ihm Reinhard Voelzkes Vater sagen wollen? Was würde er? Weshalb konnte er Maria verstehen? Und warum hatte Voelzke nicht weitergesprochen?

»Man munkelt da so mancherlei«, sagte die Pastorin. Sie saßen beim Lichte der Adventskerzen am Tisch und falteten Papiersterne. »Was munkelt man, und wer munkelt?« Die Pastorin hob die Schultern. »Dorfklatsch, lieber Traugott, vielleicht auch nicht.« »Und was meinst du?« – »Nun, daß sie ein Kind kriegt, ist sicher.« Er ließ seinen unfertigen Stern auf den Tisch fallen. »Ma-ri-a?« »Ach, mein Lieber«, sagte sie sanft, »sprichst mit den Menschen und siehst sie doch nicht.« Es war ein zarter Hieb, doch er schmerzte ihn. Aber er steckte ihn ein. Sie hatte recht. Den Menschen lernt man nicht in seiner Gänze kennen, wenn man ihm nur ins Gesicht sieht. Er sagte langsam: »Wenn das also sicher ist, was ist dann unsicher?« »Der Ausgang«, sagte die Pastorin und nahm Senftlebens Stern in die Hand. »Die Zukunft. Das, was vor ihnen liegt, vor ihr und vor ihm.« »Aber hat er sich nicht schon entschieden?« wandte der Pastor ein. Sie nickte ruhig. »Es scheint so.« »Vielleicht will er das Kind nicht?« überlegte Senftleben. »Aber warum nicht?« Sie arbeitete an seinem Stern weiter. Er fragte und sah sie dabei nicht an: »Hättest du nicht gern noch ein Kind gehabt? – Und ich auch«, fügte er hinzu. »Sag mir, warum ist das so?« »Es ist eben so«, sagte sie leise. »Vielleicht auch deshalb, weil es eine Liebe gibt, die alles verlangt, und eine andere, die alles teilt.« Sie legte ihm den fertigen Stern in die Hand.

Der Heilige Abend mochte still und geruhsam sein. Der Tag war es nicht. Auf den Straßen lag nicht eine einzige Schneeflocke, dafür zogen dicke Nebelschwaden zwischen den Häusern vorbei und ließen kaum den Nachbarn, wenn er vorüberging, erkennen. Für den Vormittag war noch eine letzte Probe angesetzt, bei der aber die Niemann-Anni fehlte. Die Pastorin mußte ihren Part aushilfsweise übernehmen, damit Joseph auch immer pünktlich sein Stichwort erhielt. Es klappte ausgezeichnet. *Zu* gut, wenn man einem alten Theateraberglauben vertrauen wollte. Deshalb war es tröstlich, daß man als sehr negativen Faktor das Fehlen der Niemann-Maria einsetzen konnte. Der Grund für Annis Fehlen war wohl der dichte Nebel, der sie und ihre Geschwister im Dorf zurückgehalten hatte. Aber was würde am Abend? Wenn alle Stricke rissen, müßte sie die Kinder abholen. Zu Fuß oder mit dem Auto. Man würde sehen. Beunruhigt schickte sie die Krippenspieler nach Hause.

Sie setzte Kartoffeln auf den Herd und rief zwischendurch Frau Schrage an, sie solle nicht vergessen, drei alte Leute zur Christvesper abzuholen. Ihr Mann war drüben in der Kirche, schmückte mit einigen Konfirmanden den Baum. Sie würde Traugott dann zum Essen holen. Bald waren die vorletzten Handgriffe zu tun: Kerzen bereitlegen, noch einmal Kohlen aufwerfen, damit es die alle Jahre wieder so einmalig vielen Christenkinder der Gemeinde warm hätten, prüfender Blick auf Traugott, auf sich selbst; die Niemann-Anni – war sie noch nicht da, mußte man sie rasch holen – die ungeduldigen Engel, Hirten und Heiligen beruhigen, letztmalig Stichworte ansagen, Mäntel, Hüte und Hosen zurechtrücken, Grüße Hereinschauender beantworten, Fragen; und endlich, endlich das Läutwerk der beiden Glocken in Gang setzen. O du stille, heilige Nacht!

Es ist wahr, alle Weihnachtsnächte sind sich ähnlich, und dennoch ist keine der anderen gleich, jede ist unverwechselbar eine andere, und wer Augen hat zu sehen, sieht auch die Welt in dieser Nacht neu, und manchmal mag er sich wundern über seine Befürchtungen und Ängste, die er davor noch gehegt hat. Sie sind nichtiger geworden, und er hat nur noch ganz wenig Furcht, und auch seine Sorgen sind geringer, denn es ist heller geworden. Das Licht verändert die Herzen und mit ihnen die Welt.

Mit dem Einbruch der Dunkelheit verschwand der Nebel, nur über die Felder trieben noch einzelne Schwaden – wie verirrte Schafe, die ihren Hirten suchen. Der Pastor trat ans Fenster seiner Studierstube. Von hier aus konnte er seine Kirche am besten sehen. Sie war erleuchtet, und obwohl noch Zeit war, begann sie sich zu füllen. Seine Frau war schon drüben. Schon seit über einer halben Stunde. Das war ein gutes Zeichen: die kleine Krippenschar war vollzählig. Hoffentlich ging alles gut. Hinter einem der Kirchenfenster sah er die heiligen drei Könige über die Stiege zur Orgelempore klettern, rot der erste, himmelblau der zweite und safrangelb der dritte, als letzte seine Frau. Ihr dürftiges Kleid erschien ihm jetzt fast schöner als dasjenige, das er ihr heute schenken würde, ein geblümtes zwar, aber mit dem Reißverschluß und der kleinen glitzernden Brosche auf der linken Seite.

Immer noch schritten Menschen über die Steintreppe in die Kirche. Viele erkannte er im matten Lichte, und einmal glaubte er, den Reinhard Voelzke sich hastig durch die Tür drücken zu sehen. »Ach was!« sagte er leise und schüttelte den Kopf. Der ging jetzt andere Wege. Er erschrak, als die Glocken ausschwangen. Zum Träumen war nicht mehr Zeit. Er klemmte sich seinen Predigttext unter den Arm und ging aufrecht zur Kirche hinüber.

Das Mittelschiff war überfüllt. Manche hatten keinen Sitzplatz und standen in den Seitengängen. Auch auf den Rängen sah Senftleben Menschen. Heiderose war mit ihren jüngeren Kindern gekommen, soweit sie nicht mit ihren langen Hirtenstäben auf der Empore standen und vor Ungeduld zappelten. Bruder Karl, ihr Mann, stand hinter einem Pfeiler und hielt die Arme über der Brust verschränkt. Schließlich war er nur hier, um seine Kinder krippenspielen zu sehen. Auch Maria war gekommen. Sie saß auf einer der hinteren Bänke und sah weg, als sie des Pastors Blick bemerkte. Er nickte lächelnd zur Empore hinauf, zu der Stelle, wo er seine Frau vermutete. Dann zog er sich auf seinen Platz unweit des Altars zurück, und als die Orgel ihr »O du fröhliche« durch das Kirchenschiff brauste, war es auch Traugott Senftleben so recht von Herzen fröhlich zumute, und er sang wacker mit. Auch bei dem Liede »Es ist ein Ros entsprungen« war bei unserem guten Pastor noch keine Veränderung der Gemütslage festzustellen. Das geschah erst nach dem Ende der letzten Strophe, als ihm plötzlich einfiel, daß nach dem dritten Lobgesang programmäßig das von allen erwartete Krippenspiel seinen Anfang nehmen würde. Die »schlafende« Niemann-Anni fiel ihm ein, und er hegte die Befürchtung, daß bei dem hellen Kerzenlichte ihre merkwürdige Müdigkeit aller Welt auffallen würde. Nicht auszudenken, wenn Joseph darüber ins Kichern käme! Der Junge war nun einmal albern. Es genügte, wenn dieser »Dävid« wieder nuschelte, von anderen Überraschungen ganz abgesehen. Aber auf den Chor der Engel war allemal Verlaß. Vor allem war auf seine Frau Verlaß, das wußte er in seinem tiefsten Innern, trotz aller Unruhe und Aufregung: seine kluge Frau, die eine Art Notbremse in das Stück eingebaut hatte, sollten widrige Winde die Krippe bedrohen. Dann nämlich ...

Ach, da kamen sie ja schon! Zuerst die Hirten. In alten Felljacken und dunklen, geflickten Hosen, breite Hüte auf den Köpfen. Sie schritten gestreckt und ernst durch die Menschenmenge, nur Dävid-David lächelte, was dem

Anlaß durchaus entsprach, den Pastor aber mit neuer Katastrophenfurcht erfüllte. Die wollte auch nicht weichen, als er die kleine Niemann-Anni mit ihrem Joseph an der Seite gewahrte. Sie hielt jetzt schon die Augen geschlossen, und nur manchmal, wenn sie mit dem Fuße anstieß, riß sie die Lider auf. Dann ruhte, nein, zitterte ihr Blick erschreckt auf den vielen Köpfen und zog sich geschwinde wieder hinter die Augdeckel zurück. Sie hing am Arm von Joseph, was der Pastor dankbar vermerkte, war der Junge doch dadurch so sehr in Anspruch genommen, daß ihm die Lust zu Fisematenten vergehen würde. Den beiden auf dem Fuße folgten die heiligen drei Könige in all ihrer Familienpracht: Silke, Anja und Kathrin. Und endlich! Pastor Senftleben atmete tief. Lieblich, mit roten Wangen über den weißen Nachtgewänderkrägen, wandelten paarweise die verläßlichen Heerscharen der Engel. Sie würden bei besagten widrigen Winden, in schlimmsten Fällen dävidscher Extempores auf ein Handzeichen seiner lieben Frau hin zu jubilieren beginnen und jeden Irrwisch zur Sprachlosigkeit verdammen.

Unterdessen hatten die Hirten den Platz vor der Krippe erreicht und blieben, die Häupter auf die Stäbe gestützt, in Erwartung der übrigen stehen. Die Pastorin schritt als letzte durch das Menschenspalier im Mittelgang und nahm als Souffleuse hinter einem Pfeiler Platz. Sie winkte einmal mit dem Rollenheft, und das Spiel begann. Joseph, den Hut tief über den Augen, sprach laut und deutlich. Er bedauerte Maria, die mit ihm weit gelaufen war, und fragte sie, warum sie traurig sei. Sie antwortete ihm leise, Traugott Senftleben glaubte nicht, daß man sie hinten, wo die Leute am Eingang standen, noch hörte. Glücklicherweise war bald wieder Joseph an der Reihe. Er ging mit Maria Quartier suchen und bat in gesetzten Worten um Herberge. Aber der Wirt war einer von der Sorte, bei der man den Gedanken nicht los wurde, sie hätten das halbe Haus leer, wenn sie armen Leuten schworen, bis unters Dach besetzt zu sein.

So gelangte das hochheilige Paar zu jenem bekannten Wirt in Bethlehem, der ihnen als Behausung einen Stall zuwies. Hier wäre nun die kleine Niemann wieder an der Reihe gewesen, um Worte des Dankes zu sprechen, während sie zur Krippe hin wandelte. Der Pastor sah, daß sie die Augen geöffnet hatte, aber auch seine Frau hatte es gesehen, winkte dem Mädchen und ließ die Hand einige Male von der Stirn zum Kinn hinabgleiten und half ihr ein. Endlich sprach Anni, aber so leise, daß der Pastor in ihrer Nähe Mühe hatte zu verstehen. Schon hinter den ersten beiden Bänken mußten die Zuschauer annehmen, im Spiel sei eine Pause eingetreten. Er sah, wie sie langsam in Bewegung gerieten, wie sie die Köpfe vorstreckten und die Oberkörper wiegten. Es lag nichts Lautes, nichts Unfriedliches darin, und es war in nichts anderem begründet als in dem uns Menschen angeborenen Erkundungsdrang, entdecken zu wollen, warum etwas anders ist, als wir es uns vorgestellt haben. Aber da es nichts zu hören gab, gab es nichts zu entdecken, und die Pastorin ließ den Engelchor zum ersten Male jubilieren. Die Bewegung in der Gemeinde wurde rückläufig, und Pastor Senftleben blickte dankbar auf seine Frau. Aber danach mußte das Spiel weitergehen, und er überlegte bekümmert, daß sie die Engel nicht immerfort singen lassen könnte. Er wagte nicht, die kleine Niemann länger anzusehen, und versteckte sich hinter einem Pfeiler. Die Engel beendeten ihren Chorus mit einem hohen Ton, der wie der Nachklang einer gläsernen Glocke durch den Raum schwang.

Da war sie wieder, die Stimme der Maria. Sie hatte pünktlich eingesetzt. Sie sprach. Sie sprach vernehmlicher als vorhin, und er verstand sie. Die meisten aber, wußte er, hörten nichts, was von der Krippe aus Bethlehem ausging. »Lauter!« rief eine jungendliche Stimme. Pastor Senftleben lugte hinter seinem Pfeiler hervor. Die Gemeinde hatte ihre Köpfe dem Rufenden zugewandt. Der stand in der letzten Reihe und grinste unsicher. Pastor Senftleben erkannte ihn. Es war der hagere, bebrillte Junge, der mit Reinhard Voelzke in der Kneipe gewürfelt hatte. Der andere stand neben ihm und sah herablassend in die Runde. »Lauter!« wiederholte der Hagere fordernd, und sein Nachbar fügte undeutlich etwas hinzu, worüber einige lachten.

Die Pastorin hatte sich erhoben und musterte ratlos ihre Schar. Die kleine Niemann weinte vor Scham. Sie lief am Pastor Senftleben vorbei und hockte sich in einer Nische nieder. Joseph folgte ihr. Er war enttäuscht. Auch mit ihm war an diesem Abend nicht mehr zu rechnen. Pastor Senftleben hielt die Hände gefaltet und blickte zur Orgelempore hinauf. Warum spielte der Mann nicht? Sah er in seinem Spiegel nicht, was hinter ihm vorging? Aber während der Pastor haderte und in die Höhe zur Orgel sah, entging ihm, was unweit von ihm geschah. Maria Schröter hatte sich erhoben und war nach kurzem Zögern durch den Seitengang nach vorn gekommen. Danach war Reinhard aufgestanden und ihr nachgegangen.

Der Pastor nahm seinen Blick aus der Höhe, als er die andere Maria sprechen hörte. Sie stand mit Reinhard an der Krippe, und obwohl sie laut und vernehmlich sprach, hörte sie Traugott Senftleben manchmal nicht. Und wer wollte ihm seine Gefühle verübeln? Er sah zu seiner Frau hinüber, aber die hatte die Augen geschlossen und lächelte, obwohl ihr Gesicht feucht war. Dicht vor ihm verkündete der Engel die Geburt des Kindes, und alles ging zu wie vor zweitausend Jahren: die Hirten beteten,

die drei Könige breiteten ihre Gaben aus und die Engel sangen. Es war Zeit für die Predigt. Langsam bestieg er die Kanzel.

Der Pastor sah unter sich die Mitwirkenden des Krippenspiels zurück zur Orgelempore ziehen. Sie gingen in unveränderter Reihenfolge, wie sie gekommen waren: die Hirten, Maria mit dem Joseph, die Könige und die Engel. Traugott Senftleben sah noch einmal hinüber zum Heiligen Paar. Da schritt die kleine Niemann mit ihrem Originaljoseph dahin und lächelte den Pastor beglückt an, während der Joseph seinen Hut schwenkte.

»Macht hoch die Tür, die Tor macht weit«, brauste die Orgel. Er sah hinunter auf Maria Schröters Platz. Dort saß sie wieder, fraulich und schwer in ihrer Schwangerschaft, und neben ihr am Ende der Bank lehnte Reinhard Voelzke und hielt seine Hand auf ihrer Schulter.

Der Orgelton verhallte. »Gloria in excelsis Deo!« begann Pastor Senftleben. Eigentlich hatte er einen anderen Anfang im Predigttext stehen. Er sah noch einmal auf seine wieder größer gewordene Gemeinde, bevor er die Aufzeichnungen beiseite legte.

In dieser Nacht brauchte er keinen Lesetext zum Krippenwunder zu Bethlehem.

... und was nun?

Heine Mummert war gestorben, ein räumlich wie verwandtschaftlich weit entfernter Vetter der Pastorin. Sie war auf deren Bitten hin vor einigen Tagen mit der Bahn zu der Witwe gefahren, um bei den Vorbereitungen zur Trauerfeier zu helfen. Senftleben, der mit dem TRABANT am Tage des Begräbnisses nachkommen wollte, war nicht wenig erstaunt, vierundzwanzig Stunden vor seiner Abreise einen Mann auf dem Hofe zu sehen, der das Haus betrachtete, als wolle er es kaufen. »Kennst du mich nicht mehr?« lachte der Fremde und stäubte seinen Hut an der Hüfte aus. Traugott Senftleben hatte keine Ahnung, aber sie kam ihm, als der Mann ihm zur Begrüßung die Hand quetschte. »Fällt's dir ein?« Der Pastor nickte und versteckte die mißhandelten Finger auf dem Rücken. »Bruno Schröter, kein Zweifel!« »Und ob!« lobte der Mann und schlug Senftleben derb auf die Schulter. »Bruno Schröter in Lebensgröße, Gastwirt in Berlin, genannt der Knochenbrecher! Ein lascher Händedruck, ein lascher Mensch. Dein Händedruck, lieber Traugott, ist immer noch lasch wie an dem Tage, als du von Onkel Heine den DIXIE kaufen wolltest. Bloß gut, daß ich hinzukam, bevor Heine ihn dir für vierhundertfünfzig Piepen verscheuern konnte.« Er nahm vorübergehend eine trauervolle Miene an. »Du willst ihm morgen die letzte Ehre geben, sagte deine Frau am Telefon.« Auf der Straße hupte es. »Apropos Frau! Gertie wird ungeduldig. Wollen mer se reinhole?« Er lachte und schob seinen Arm unter den des Pastors. Gertie Schröter saß in einem »Golf« und schien zu schmollen. Sie wartete, bis Bruno ihr die Wagentür öffnete, und stieg ohne Eile aus. »Er fährt auf drei Töppen«, sagte sie heiser und hielt

Senftleben zur Begrüßung die Wange hin. »Weißt du um einen guten Autoschlosser?« »Zwei Häuser weiter wohnt einer«, gab Senftleben Auskunft, »aber das wird wohl noch ein Weilchen Zeit haben, wie?« Der Blick, den Gertie ihrem Mann zuwarf, besagte, daß sie völlig anderer Meinung war, und Bruno setzte denn auch mit Schwung seinen Hut auf und machte sich auf den Weg, den Autoschlosser zu verständigen.

Der Pastor indessen stieg mit Gertie in sein Studierzimmer hinauf, wo sie mit hochgezogenen Brauen die Einrichtung prüfte. »Nichts hat sich verändert, seitdem wir euren Einzug in dieses Kaff gefeiert haben«, stellte sie fest. »Nicht mal zu einer Schrankwand habt ihr's gebracht. Du solltest mal zu uns kommen, Traugott!« Sie wollte unbedingt die Küche sehen, an die sie sich nicht mehr erinnern konnte, wie sie sagte, und sie erzählte von ihrem Neuerwerb, einer rumänischen Bauernküche, teilweise handgeschnitzt, schon jetzt ein Vermögen wert und in zehn oder zwanzig Jahren ein Vielfaches, wenn man den zunehmenden Holzmangel bedächte. Sie beklopfte den Küchenschrank, die Besenkammer, Tische und Stühle. »Der Tisch«, meinte sie nachdenklich und steckte sich eine Zigarette an, »könnte dir mit den Stühlen einen Tausender bringen, alles andere ist schon Sparware, Holzersatz. Mach's wie wir! Werte sammeln, verstehst du? Bilder, Uhren, Gegenstände, die ihren Wert mit zunehmendem Alter kriegen wie Onkel Heines alter DIXIE. Du weißt, daß ihn Bruno geerbt hat?« Senftleben wußte es nicht. »Wir haben dafür auch schon einen Käufer«, verriet Gertie und führte mit abgespreiztem Kleinfinger die Kaffeetasse zum Mund. »Es gab eine Zeit nach dem Kriege, da hättest du den DIXIE auch mal gerne gehabt«, erinnerte sie sich. »Bruno erzählte mir, daß du Heines Inserat gelesen und schon halb den Vertrag unterschrieben hattest. Es war nicht das einzige Mal, daß Bruno den Onkel vor solchen kurzsichtigen Verkäufen bewahrt hat. Heine fühlte, wie sehr mein Mann an dem DIXIE hing.« »Bruno wußte, warum«, murmelte Senftleben. Sie lächelte und sagte: »*Wir* wußten immer, warum. Du hast vielleicht als einziger nicht gemerkt, daß sich die Zeiten geändert haben. In unserem Bekanntenkreis mißt man sich und andere am Erfolg, den man hat.« Er folgte ihrem Blick, der wiederholt über die sparsame Küchenausrüstung glitt, und fragte: »Und zu diesen Leuten würde ich wohl nicht gehören?« Sie beschrieb mit der Zigarette einen Kreis: »Siehst du hier Erfolge, lieber Traugott?« Er hätte ihr antworten mögen, daß es den Wind gibt, obwohl man ihn nicht sieht, auch die Liebe und die Trauer und die Hoffnung, aber er unterließ es, wie auch die Bemerkung, daß er damals den DIXIE haben wollte, weil er irgend etwas Fahrbares brauchte, etwas, was zudem auch noch billig war.

Gertie drückte den Rest ihrer Zigarette aus und fragte Senftleben, ob er einen Kognak hätte, einen »Napoleon« vielleicht. Damit konnte der Pastor nicht dienen, und sie trank langzähnig einen doppelten »Nordhäuser«. Dann entnahm sie ihrer Handtasche einen Packen Farbbilder und begann einen Vortrag über ihre letzten Urlaubsreisen mit Bruno zu halten. Als sie in Bulgarien an der türkischen Grenze angelangt war, kam Bruno zurück. Diesmal war sein Gesicht ernst. »Es ist die Lichtmaschine«, meldete er und warf den Hut auf den Tisch. »Vor morgen nachmittag ist da nichts zu machen.« Gertie hob ruckartig den Kopf. »Hast du auch nicht vergessen, dem Manne einen Wink zu geben?« Er nickte ärgerlich. »Aber natürlich! Zuerst mit einem rosa Schein und zuletzt mit 'nem blauen. Er blieb dabei, morgen nachmittag!« Gertie wischte die Urlaubserinnerungen wie ein Spiel Pokerkarten vom Tisch. »Und was nun?« – Bruno trommelte auf seine Hutkrempe. »Mulworm erwartet uns um dreizehn Uhr an der KASKADE, du weißt!« »Mulworm ist der Käufer«, erklärte Gertie zu Senftleben hinüber. »Egal wie, das Geschäft muß unter Dach und Fach, die Zeit ist für Oldies eben günstig!« »Wann willst du morgen aufbrechen?« fragte Bruno und sah Senftleben aufmunternd an. »Selbstverständlich nehme ich euch gerne mit«, beeilte sich der Pastor zu versichern. »Nur werdet ihr etwas unbequemer reisen, als ihr es gewohnt seid. Ihr werdet euch klein machen müssen.« Bruno hob ergeben die Schultern, und seine Frau seufzte. »Da siehst du, Traugott,« sagte sie, »daß auch uns die Erfolge nicht in den Schoß fallen.« Und Bruno kommentierte Senftlebens Warnung, daß er eher etwas langsam als schnell fahre: »Nun, lieber einen schlechten Fahrer neben sich, als selber ein guter Läufer sein müssen.« Und er lachte schon wieder.

Sie brachen anderen Tags am frühen Morgen auf, und Bruno wurde nicht müde, von altdeutschen Schränken, Chippendalestühlen und Jugendstilfenstern zu erzählen, die er besaß oder zum Teil auch schon nicht mehr besaß, weil er sie günstig hatte verkaufen können. Gertie beschränkte sich darauf, eine Zigarette nach der anderen zu rauchen, und jede Bodenwelle, die sie auf ihrem Sitz hinter Bruno zu spüren bekam, mit empörten Ausrufen zu bedenken. Nach einstündiger Fahrt verlangte sie, den Platz mit ihrem Mann zu tauschen. Senftleben hatte nun das Vergnügen, Gerties Ansichten über Möbel- und auch Kleidermoden zu erfahren, ein Gebiet, zu dem Bruno aus Zeitgründen nicht mehr gekommen war. Das Geld für den DIXIE war auch schon verplant. Aber hierüber zeigten sich die Eheleute nicht einig. Bruno wollte alte

Gobelins aufkaufen, während Gertie fand, daß es dringend an der Zeit sei, ihre Pelzkollektion zu ergänzen. »Du wirst jetzt verstehen«, schrie Bruno, um den Motorlärm zu übertönen, »warum ich immer wieder verhindert habe, daß Heine den DIXIE verkauft. Mit so einem alten Wagen ist es wie mit Käse: Je länger man ihn stehen läßt, um so teurer im Handel.« Sein Lachen klang vom hinteren Sitz etwas gequetscht. Dann wurde er neutral, erzählte schreiend ein paar TRABANT-Witze und gab mitten in der Wiederholung einer Pointe erschöpft auf. Wahrscheinlich überfiel ihn der Schlaf, denn er hielt die Augen geschlossen.

Kurz vor der Einfahrt in eine Stadt sah er plötzlich auf seine Uhr und rief erschrocken: »Was denn? Wir sind erst hier? Mal im Ernst, Traugott, läßt du dich vom Winde schieben?« Er schüttelte die Uhr und schnippte mit dem Finger dagegen. »Jetzt gib deinem Hirsch aber die Sporen, ich muß in vierzig Minuten vor der KASKADE sein!« Er saß aufgeregt hinter dem Pastor, wies ihm die kürzesten Wege durch die Vorstadt und beschwor ihn alle Augenblicke, schneller zu fahren. Gertie unterstützte ihn heiser nach Stimmeskräften, was mitunter zur Folge hatte, daß Senftleben in dem Lärm manchmal nichts verstand und in einigen Fällen entweder die Abfahrt verpaßte oder die falsche Richtung einschlug. »Steig aus!« verlangte Bruno wütend. »Ja, steig aus, steig aus!« keifte Gertie. »Oder willst du die Verantwortung übernehmen, wenn Bruno das Geschäft durch die Lappen geht?« Daran wollte Senftleben freilich nicht schuld sein, auch schien ihm bei dieser Unruhe das Fahren recht gefährlich. Also stieg er aus und nahm – sein eigener Fahrgast – auf dem Rücksitz Platz. »Jetzt werde ich dir mal zeigen, was Schrötersche Fahrpraxis ist!« freute sich der Gastwirt.

Nach einem Kavaliersstart, an dem Bruno dem Getriebe die Schuld gab, schoß das kleine Auto, hier einem

Radfahrer, dort einem Fußgänger ausweichend, durch die Straßen. In den Kurven quietschten die Reifen, und Senftleben wurde von einer Ecke in die andere geschleudert. Er sah fassungslos ein um das andere Fahrzeug, das eben noch vor ihnen fuhr, neben sich hinterwärts kriechen und faltete während eines heftigen Rucks die Hände, als Bruno kurz vor einer einbiegenden Straßenbahn eine Notbremsung vornahm. Er bedauerte, im fortgeschrittenen Alter noch die Schrötersche Fahrpraxis kennenlernen zu müssen. An einer Kreuzung jagten sie auf die Ampel zu. »Gelb!« schrie der Pastor aufgeregt. »Brems doch, es ist schon gelb!« aber fast gleichzeitig schrie Gertie: »Fahr zu, oder wollen wir zu spät kommen?« Bruno gab Gas und befuhr bei Rot die Kreuzung. »Sieh ihn dir an!« griente der Gastwirt und wies mit dem Kopf nach Traugott Senftleben, der verstört in seiner Ecke hockte. »Bruno Schröters Gebot Nummer eins: Fahr zu, wenn du's eilig hast!« »Und wenn der Weg frei ist«, fügte Gertie hinzu. »Die Kreuzung war ja frei.« »Völlig frei!« bestätigte Bruno, stieß einen Fluch aus und fuhr plötzlich langsam. Mitten auf der Straße stand ein Uniformierter und winkte ihm zu, an den Straßenrand zu fahren. »Das lag an den Bremsen«, murmelte Bruno, und lauter zu Senftleben: »Deine Bremsen sind nicht in Ordnung.« Das sagte er auch dem Polizisten. Aber die Bremsprobe verlief einwandfrei. Unterdessen wurden Brunos Papiere überprüft. »Wem gehört der Wagen?« fragte der Polizist, worauf Bruno hoffnungsvoll auf den verschreckten Pastor zeigte: »Ihm!« »Ist Ihnen nicht gut?« fragte der Uniformierte. Senftleben antwortete wahrheitsgemäß, daß ihm wahrhaftig nicht besonders gut sei. Der Gastwirt bekam wegen der Schröterschen Fahrweise vier Stempel in seine Papiere gedrückt und durfte weiterfahren.

Eine Weile war es, als säße der Pastor am Lenkrad, aber auf der Landstraße durchströmten Bruno neue Energien, so daß sie mit nur achtminütiger Verspätung an der KASKADE ankamen. Bruno Schröter stieg schweigend aus und eilte auf einen Mann zu, der ihnen den Rücken wandte und den Verkehr aus der Stadt zu beobachten schien. Gertie folgte auf einen Wink ihres Gatten, als der Fremde sich herumgedreht hatte und sein dickes Gesicht unter einer grünen Schirmmütze zu erkennen war. Der Mann nahm seine Brille ab, polierte sie und schien dem Gastwirt Vorhaltungen wegen seiner Verspätung zu machen. Schließlich kamen sie näher, und Senftleben sorgte sich um die Federung seines Autos, sollte der Dicke zusteigen. Aber Herr Mulworm war auch mit einem Automobil gekommen und hatte noch einige Geschäfte zu erledigen.

»Welchen Typ fahren Sie?« fragte Bruno Schröter interessiert. »Auch einen GOLF?« »Den hatte ich früher mal«, sagte der Herr Mulworm gelangweilt, und er widmete seine Aufmerksamkeit wieder dem städtischen Verkehr. »Sehen Sie die Laterne unter der Kastanie? Der dunkelblaue Wagen ist meiner.« Bruno erblaßte. »Was denn? Der VOLVO?« Der Dicke setzte die Mütze ab, fing damit wie in einem Netz frische Luft und setzte sie wieder auf. »Wenn ich nicht noch ein paar Stunden hier zu tun hätte, würde ich Sie ein Stück fahren. Wann ist die Beerdigung?« »Um vierzehn Uhr dreißig«, sagte der Pastor. Herr Mulworm nickte. »Ich bin um 15 Uhr bei Ihnen. Besichtigung sofort. Geht alles klar?« »Alles!« nickte Bruno Schröter eifrig. Seine Augen ruhten dabei auf dem parkenden VOLVO, und auch Gertie sah nachdenklich hinüber.

Sie verfolgten die Abfahrt des Dicken wie Weltraumfans den Start einer neuen Rakete. Schließlich ließen sie Senftleben wieder auf seinen Rücksitz und stiegen mit gefurchten Stirnen selbst zu. »Einen VOLVO hat er«, fing

Gertie an. Es war ein Vorwurf an ihren Mann. »Ein neuer VOLVO, das konnte man sehen. Dazu in blau, das schickeste zur Zeit!« Bruno nickte und beschränkte sich auf ein unbestimmtes Knurren. »Und«, fragte Gertie weiter, »hast du die Uhr gesehen, die er trug? Ich wette, die war auch nicht von hier! Eine Uhr aus Gold und einen VOLVO! Frag ihn doch mal, woher er so was hat!« »Nun, dafür hat er anderes nicht«, konnte Senftleben sich nicht enthalten festzustellen. »Wie ihr sehen konntet, hat er kein Haar mehr auf dem Kopf. Auch fehlen ihm gute Manieren. Ich hoffe, euch ist das aufgefallen.« Gertie sagte: »Quatsch«, und der Gastwirt blickte anklagend nach oben, wo an der Decke des Autos ein Wasserfleck zu sehen war. »Ob Haare oder gute Manieren, davon kann er sich nichts kaufen! Jemand, der soviel vorzeigen kann wie der, kann auf gute Manieren pfeifen.« Er begann jetzt wieder schneller zu fahren. Dabei trommelte er mit den Fingern ungeduldig gegen das Lenkrad. »Denkst du, was ich denke?« fragte ihn Gertie. Sie rauchte schon wieder. Er hob die Brauen. »Es wird nicht leicht sein, einen VOLVO aufzutreiben. Zunächst müssen wir das Geld für den DIXIE haben.« Er stieß mit dem Knie wütend gegen die Ablage. »Zu Fuß hätte ich zu Heines Beerdigung gehen sollen, statt mich deiner Pralinenschachtel auszusetzen, Traugott! Schließlich muß ich die Ware noch etwas aufmotzen, bissel Staub wischen, Metallteile blänken. Soll ich das auf der Beerdigung machen?« Beinahe traue ich es ihm zu, dachte der Pastor. Er war ärgerlich, beschloß, weder auf Brunos noch auf Gerties Geschwätz zu hören, und vertiefte sich in die Landschaft.

Eine reichliche Stunde später fuhr Bruno am Haus des Verblichenen vor. Er kletterte wieder als erster aus dem Auto und überraschte die Witwe mit der Frage nach dem Scheunenschlüssel. Er wollte seinen DIXIE sehen. »Es ist schon ein Käufer unterwegs, müßt ihr wissen«, erklärte Gertie der Witwe und der Pastorin, die ihnen entgegengekommen waren, und reichte einer die linke, der anderen die rechte Hand. Die Witwe kehrte darauf ins Haus zurück und behauptete eigensinnig, sie könne den Schlüssel zur Scheune nicht finden. Allerdings hatte sie auch nicht danach gesucht. Widerwillig erklärte sie dem hartnäckigen Gastwirt, daß er sich an einen gewissen Pfleidermeyer wenden müsse, der die Scheune vor einem Jahre gepachtet hätte, um seinen Tabak darin zu trocknen. Aber als sie hinfuhren, war Pfleidermeyer noch auf Arbeit. Bruno versicherte darauf der jungen Frau, die ihnen gegenüberstand, daß es sozusagen um Tod und Leben ginge und er ihren Mann sprechen oder sofort den Schlüssel haben müsse. Aber sie schüttelte bedauernd den Kopf. Beides wäre nur möglich, wenn der Herr um halb drei nachmittags auf den Friedhof käme, da wolle nämlich Pfleidermeyer stracks vom Betrieb hin. Den Scheunenschlüssel trüge er am Schlüsselbund immer mit sich. Es nützte nichts, sie mußten wieder zurück.

Mulworm hielt pietätvollerweise eine Ecke hinter dem Trauerhaus. Er wollte endlich den DIXIE begutachten und war nicht entzückt zu hören, daß sich das Geschäft verzögerte. Doch was half es? Die ganze Zeit während der Trauerfeier hüpfte Brunos Blick von Gesicht zu Gesicht, und bei jedem dachte er: Ob er's wohl ist, der Pfleidermeyer, und wenn er's ist, hat er auch nicht den Schlüssel vergessen? Nach den letzten Worten, die am Grabe fielen, gab er seiner Frau einen Wink, und beide strebten dem Ausgange zu. Hier fand sich nach wenigen Schritten ein offenes Häuschen für wartende Busreisende. Sie stellten sich dort so auf, daß sie das Friedhofstor sehen konnten. Mulworm kam von der anderen Straßenseite auf sie zu und gesellte sich zu ihnen, um auf Pfleidermeyer zu warten, den niemand von ihnen kannte. Die Trauergesellschaft kam langsam den schnurgeraden Mittelweg von der Kapelle herunter, und als sie fast den Friedhofsausgang erreicht hatten, ging Bruno auf einen älteren Mann zu, der sich durch beängstigende Magerkeit und eine gelbe Gesichtsfarbe von allen anderen unterschied und der des Gasthausbesitzers Vorstellung von einem Menschen entsprach, der mit einer Scheune voll Tabakblätter zu tun hatte.

»Sind Sie Herr Pfleidermeyer?« fragte er in gebotener Zurückhaltung, weil ihn im letzten Augenblick Zweifel beschlichen. Der dünne Mann schien schlecht zu hören, und Bruno wiederholte seine Frage etwas lauter, worauf sein Gegenüber um einen Schein gelber zu werden schien und wortlos davonstapfte. Also, der war es nicht, und jemand flüsterte ihm zu, daß jener Dünne der hiesige Tierarzt sei, der den Pfleidermeyer einmal wegen übler Nachrede verklagt hatte. Den echten Pfleidermeyer ausfindig zu machen wäre schwierig gewesen, wenn er nicht von selbst an die Wartenden herangetreten wäre. Er war einen guten Kopf größer als Bruno und trug ein schmales Lippenbärtchen.

»Haben Sie den Schlüssel?« fragte ihn Gertie. Die Trauerfeier hatte Pfleidermeyer offensichtlich bewegt, denn er gab keine Antwort und schlug nur mit der Hand gegen die Tasche seines schwarzen Anzugs. »Also gehen wir?« drängte Mulworm, und Pfleidermeyer nickte. Vor dem VOLVO blieb er einen Augenblick nachdenklich stehen, ganz wie Bruno vermutet hatte, und er sagte: »Ja, ja, was ist der Mensch!« Der Gastwirt konnte sich diesen merkwürdigen Ausspruch nur so erklären, daß Pfleidermeyer den dunklen VOLVO für das Leichenauto hielt. Pfleidermeyer war, ohne daß er jemandem Zeit ließ, zu einem dickstämmigen Kastanienbaum gelaufen, an den er sein Moped gelehnt hatte. Er bestieg es, ohne sich nochmals umzusehen, stieß wie ein Reitergeneral die Faust zweimal in die Höhe und knatterte am VOLVO vorbei. »So ein Simpel!« schimpfte Bruno verächtlich, und dann sahen sie zu, schnellstens in das große Auto zu kommen. Sie holten ihn noch vor der nächsten Querstraße ein, und Bruno fand es demütigend, wo er nun einmal in einem VOLVO saß, hinter einem Moped herzuschleichen, und statt herablassend zu blicken, senkte er den Kopf, wenn ihnen Leute begegneten. Zum Glück dauerte die Fahrt nicht lange. Sie rollten an Pfleidermeyers Haus vorüber, bogen in den nächsten Feldweg ein und sahen auf einer Wiese, die mit weißdoldigen Holunderbüschen bewachsen war, die Scheune stehen. Bruno hatte sie, was ihren baulichen Zustand betraf, anders in Erinnerung, stattlicher, aber schließlich altert selbst eine Scheune, und er war seit zwanzig Jahren nicht mehr hier gewesen.

Pfleidermeyer war abgestiegen. Er stand vor dem Tor und nutzte die Zeit, bis auch Gertie als letzte heran war, umständlich das Schlüsselbund zu untersuchen. In der Ferne bellte ein Hund, und hinter der Scheune wetzte jemand die Sense. Pfleidermeyer hatte endlich den Schlüssel gefunden und stieß ihn ins Schloß. Es ließ sich schwer öffnen, und Pfleidermeyer mußte mehrmals ansetzen. Bruno biß sich auf die Lippen. »Geben Sie her!« befahl er. Das Schloß öffnete sich ohne große Schwierigkeiten. Er behielt den Schlüssel in der Hand und trat als erster ein. Mief von faulendem Stroh und morschen Balken schlug ihm entgegen. Sein Gesicht stieß in ein tellergroßes Spinnennetz, das sich klebrig über die Augen und Nase legte. Er nahm sich nicht die Zeit, es wegzuwischen. Im matten Nachmittagslicht, das durch zerbrochene Fensterscheiben, die geöffnete Tür und einige faustgroße

Löcher in der Dachhaut fiel, sah er endlich die Umrisse des kostbaren Erbes stehen. In fieberhafter Eile bahnte er sich einen Weg zwischen umherliegenden Stricken, vernagelten Kisten und altem Hausrat, Ackergeräten und von Mäusen zerfressenen Sielengeschirren. Über der Kühlhaube des DIXIE lag eine zerschlissene Wolldecke, die er selbst einmal darübergebreitet hatte. Jetzt war sie nur noch ein schimmliger Fetzen. Er zog sie herab und kniff die Augen zusammen, um besser sehen zu können. Er erstarrte. Das war kein Auto mehr! Von außen hatte es der Rost zerfressen, wie es die Mäuse innen mit den Polstern und mit dem Verdeck getan. Das also war sein Erbe, um das er seit Jahrzehnten mit aller Hartnäckigkeit und weitsichtiger Schläue gekämpft hatte! Mulworm sprach aus, was zu sagen war: »Ein Schrotthaufen. Der Verkauf würde den Abtransport nicht decken.« Er verließ schnell die Scheune. Dann hörten sie ihn prustend lachen. Gertie hielt sich die Hände an die Ohren und schien sich vorgenommen zu haben, Mulworms Gelächter durch wütendes Geheul zu überdecken. »Da hast du's!« schrie sie. »Da hast du's! Und was nun?«

Das fragte sich Bruno auch, als sie die Scheune verlassen hatten. Mulworms VOLVO stand nicht mehr auf der Wiese. Sein Geschäft war geplatzt. Weshalb sollte er warten? Bruno gab dem schweigsamen Pfleidermeyer den Schlüssel zur Scheune zurück. »Und was nun?« flennte Gertie immer wieder, und sie sah mit bangem Blick über die Wiese, den Feldweg entlang und zur Straße hinüber. »Was *du* tust, ist mir egal«, sagte Bruno schließlich, »aber wenn du meinen Rat haben willst: laufen wir einfach.«

Sie kamen im Dämmerlicht ins Dorf. Gertie hielt ihre Schuhe in der Hand, und Bruno hinkte. An der Tür zu Heines Haus hielt sie ihren Mann zurück. »Und zu

Traugott kein Wort!« Er runzelte die Stirn. »Wenn er noch hier ist!«

Er war noch da. Gemeinsam fuhren sie in Senftlebens engem Auto nach Hause, und diesmal chauffierte der Pastor auf der ganzen Strecke. Bruno und Gertie Schröter waren auffallend schweigsam, und einmal fragte die Pastorin: »Und hat euch der DIXIE eingebracht, was ihr dachtet?« Worauf Gertie feuchten Auges antwortete – doch sie versuchte, dabei zu lächeln: »Nicht ganz.« Und Bruno murmelte: »Die Wahrheit ist, wir haben ihn noch nicht verkauft.« »Ach,« sagte die Pastorin ehrlich überrascht, »und was nun?«

PHONSTRESS

Schon am ersten Tage der Fahrt bereute Pastor Senftleben heftig, den Kai Stullgrieß mitgenommen zu haben. Er hatte dieses Jahr nur neun Konfirmanden, und die wären ihm für eine Dreitagefahrt völlig ausreichend gewesen. Aber wie er schon sozusagen auf der gepackten Aktentasche saß, kam da seine liebe Frau mit der Mieme Fräßdorf daher. »Was mach ich nur, Herr Pastor, was mach ich nur?« barmte die Mieme, und sie winkte einen langen Burschen näher, der neugierig die Umgebung musterte. »Das ist mein Enkel«, stellte die Mieme Fräßdorf den Burschen vor, der an der Tür stand und sich nicht rührte. »Was meine Schwester ist, die Selma Stullgrieß – der Herr Pastor wird sie nicht kennen – ihr Mann ist Produktionsleiter in einem großen Zementwerk; wenn Sie mal wieder was bauen, ich könnt' ihm da mal 'nen Wink geben, ...« »Sie sprachen von ihrer Schwester«, unterbrach der Pastor ihren Redestrom. Die Mieme nickte. »Wie soll ich's Ihnen sagen? Was meine Schwester ist, nun jedenfalls ich und sie, wir wollen verreisen. Tante Valerie in Köln wird neunzig Jahre alt.« »Ein gesegnetes Alter in der Tat«, sagte Traugott Senftleben ehrfürchtig und ließ den Knaben nicht aus den Augen, der sich ein paar Schritte von der Tür entfernt hatte und jetzt den Kassettenrekorder auf einem Seitentischchen beäugte. »Und was kann ich dabei für Tante Valerie tun?« Die Pastorin fand es an der Zeit, sich einzumischen. »Kurz gesagt«, berichtete sie sachlich, »wenn die beiden Frauen Tante Valerie besuchen, hängt der Junge in der Luft.« »Soso«, brummte der Pastor ungemütlich. »Na und?« Mieme Fräßdorf hob die Oberlippe zu neuen Eröffnungen, aber die Pastorin kam ihr zuvor. »Mieme Fräßdorf weiß, daß der Dävid Kunzmann nicht mit euch fährt.« Traugott Senftleben nickte beinahe heiter. Er war darob nicht böse. Dieser Dävid war ein schwieriger Knabe, und einer von dieser Sorte weniger hieß ein Neuntel Verantwortung weniger. »Er fährt in der Tat nicht mit uns«, bestätigte der Pastor, »denn er hat verdientermaßen Hausarrest.« Die Ungemütlichkeit von vorhin stellte sich wieder ein, und er blickte scharf zu dem Jungen hinüber, der mit der Untersuchung des Rekorders begonnen hatte. »Haben Sie Kassetten von PHONSTRESS?« fragte er laut. Senftleben starrte ihn an. Er schien lange nachzudenken. »Er hat keine!« sagte die Pastorin kurz. Und zu ihrem Manne gewandt: »Was meinst du dazu, Lieber? Willst du ihn mitnehmen?« »Er ist im großen und ganzen brav und sittsam«, pries ihn die Tante. »Und er ist ganz verrückt drauf, mit Ihnen zu fahren. Ist es so, Kai?« »Ehrlich«, sagte der Junge und hörte für einen Augenblick auf, den Recorder zu mustern. »Haben Sie wenigstens 'n paar *Platten* von den PHONSTRESS?« »Auch keine Platten«, sagte die Pastorin und schüttelte den Kopf. »Einen Augenblick bitte!« meldete sich Senftleben zu Wort. »Ich habe doch recht verstanden, Mieme Fräßdorf, Sie wollen mir Ihren Neffen mitgeben, einen Jungen, den ich nie im Leben gesehen habe, den ich nicht kenne?« Er hoffte, sie würde den Kopf schütteln: Wo denken Sie hin, ein Mißverständnis, Herr Pastor! Statt dessen fing sie an zu jammern, was sie mit dem Jungen machen solle, nachdem sie doch versprochen habe, sie würde ihn schon unterbringen – irgendwie. »Er geht in die neunte Klasse«, sagte sie beschwörend, und er könnte dem Herrn Pastor auf der Fahrt eine Hilfe sein, wo er mit den großen Jungen doch manchmal Schwierigkeiten hätte, wie man weiß. Der Pastor hob die Brauen. So gesehen, müßte ihm eine Hilfe geradezu willkommen sein.

Traugott Senftleben betrachtete den Lulatsch. Er sah nicht unintelligent aus, doch schien er ein bißchen überheblich, und sein Lächeln ließ dem Pastor ein Warnglöckchen schellen. Von dem Jungen sprang sein Blick zu seiner Frau. Sie hob gleichmütig die Schultern. »Du weißt, daß ich dir nicht dareinrede. Es ist deine Entscheidung, Traugott.« Kai Stullgrieß zog eine Streichholzschachtel aus der Tasche, steckte sie aber auf einen warnenden Blick seiner Tante wieder weg. »Sie sind am Sonnabend in Köthen?« wandte er sich an den Pastor. Seine Stimme klang ein wenig zu forsch für einen Schüler. »Wie alt ist er?« fragte Senftleben an Kai Stullgrieß vorbei. »Im Dezember wird er sechzehn«, antwortete die Tante. »Es ist doch so, Kai?« Der Junge reckte sich, daß die Rückenwirbel knackten, und machte eine wegwerfende Handbewegung, als sei die Zahl der Jahre bei seiner Länge bedeutungslos. »Also ist da was dran mit Köthen? Werden Sie am Sonnabend dort sein?« er schien zu fühlen, daß er mit seiner Fragerei keinen guten Eindruck auf den Pastor machte. »Man erzählt nämlich«, sagte er, »Sie wollen sich jemand anhören, der da orgelt.« Der Pastor musterte den Langen schärfer. Wie man sich doch in einem Menschen täuschen konnte! Da erlebte er es wieder einmal, daß von der Schale nicht immer auf den Kern zu schließen war. Sieh an, es interessiert sich der schlacksige Mensch nicht bloß für KISS ME und HOT DISCO, wie er es etikettartig ein paarmal um Bauch und Brust stehen hat, oder für PHONSTRESS, wer oder was das auch sein mochte, nein, dieser junge Mann scheint ganz versessen auf Orgelmusik! Er nickte erfreut mit dem Kopfe, was die Mieme als Zustimmung auffaßte, Kai auf die Fahrt mitzunehmen. Der gute Pastor war höchlichst überrascht, als sie auf ihn zueilte, ihm die Hände drückte und Dank redete und redete. Dagegen kam er nicht auf! Wie hätte er ihr jetzt noch erklären können, daß sein Kopfnicken zwar tatsächlich, aber anders interpretierbar wäre. Er hatte verloren. »Donnerstag um sechs an der Bushaltestelle!« stieß er über die Schulter der Mieme Fräßdorf hervor, und da er das befremdliche Wort PHONSTRESS direkt vor Augen hatte, fügte er hinzu: »Und wenn es geht, zieh dir was anderes an. Schließlich findet das Konzert in einer Kirche statt.«

In jener Nacht schlief Traugott Senftleben schlecht. Ein Alp in Gestalt mehrerer Kai Stullgrieße sprang um ihn herum und vollführte einen Höllenlärm. Sie banden ihn mit Stricken und lachten über seine Anstrengungen, frei zu kommen. Dann setzten sie ihm eine Riesenschüssel Ei mit grüner Soße vor, ein Gericht, gegen das er seit frühster Kindheit Widerwillen empfand. Schließlich gelang es ihm, sich zu befreien, aber nun jagten sie ihn über einen weiten Platz, auf dem eine riesige Menschenmenge schon seiner harrte, und obwohl er wußte, daß alles nur Traum war, brachte er es nicht fertig, wach zu werden. Als ihn seine Frau endlich aus dem Alp rüttelte, war der Tag wahrscheinlich erst einmal in Wladiwostok. »Du wälzt dich herum und stöhnst«, sagte sie. »Was hast du?« »Bedenken«, antwortete er gequält. Sie nickte, was er in der Dunkelheit des Schlafzimmers allerdings nicht sah. »Die hast du immer vor solchen Reisen.« »Ich habe von Kai Stullgrieß geträumt«, berichtete der Pastor schaudernd. »Hoffentlich ist die Wahrheit nicht noch schlimmer.«

Befürchtungen dieser Art schienen zunächst unbegründet zu sein. Kai Stullgrieß war pünktlich zur Stelle, und Pastor Senftleben stellte den Neuen an der Bushaltestelle vor. Seine Schar nahm ihn zunächst mit verhaltener Sympathie zur Kenntnis. Kai Stullgrieß war dem Wunsch des Pastors nach einer Kleideränderung

so weit nachgekommen, als er für die Fahrt ein reklamereduziertes Hemd gewählt hatte, auf dem nur das Wort PHONSTRESS zu lesen war, aber das mehrfach. Er trug eine Art Mütze oder Hut oder Kappe – Senftleben hatte dergleichen nie gesehen – auf der das ominöse Wort gleichfalls prangte. Selbst die Hosenbeine verkündeten in der Kniegegend PHON links, STRESS rechts. Das H in dieser Eigenarbeit war ursprünglich vergessen worden und führte zwischen dem P und dem O ein mageres Dasein. Pastor Senftleben erfuhr nun auch aus Gesprächen, die sich bald zwischen seinen Konfirmanten und Kai Stullgrieß ergaben, daß PHONSTRESS keine neue Bezeichnung für Geräuschdämpfer war, sondern eine Musikgruppe. Einige schienen sie zu kennen, denn kurze Zeit später warfen sie einander Plattentitel zu wie Handbälle, und bald darauf erinnerten sie sich an eine Vielzahl lauter Geräusche, die PHONSTRESS in überreichem Maße zu produzieren schien, wovon Traugott Senftleben einige gemütbewegende Proben auszuhalten hatte. Der Busfahrer, nicht viel älter als die Kinder, stellte wortlos das Radio an, was dem Pastor erst auffiel, als er bemerkte, daß seine Schützlinge die Münder geschlossen hielten und verzückt zum Fahrersitz starrten. »Was ist los?« schrie Senftleben dem Nächstsitzenden ins Ohr, worauf Kai Stullgrieß sich umdrehte und zurückbrüllte: »Mann, das *sind* die PHONSTRESS'!«

Sie stiegen in Naumburg aus, wo sie den Dom besichtigten und Kai Stullgrieß es nicht an interessierten Bemerkungen fehlen ließ. Er fragte, kaum daß sich die kleine Frau, die sie führte, vorgestellt hatte, nach den Sitzplätzen und bemerkte nachlässig, ein berühmter Star könnte hier nie auftreten, weil der Platz für die Fans nicht ausreichen würde. Seine Ahnungslosigkeit über Dinge, die im engeren Sinn mit dem Dom zusammenhingen, stimmte den Pastor nachdenklich, so daß er, als Kai Stullgrieß auch noch im Mittelschiff seine Mützenkappe aufbehielt, ihn fragte, ob er an solchem Orte zum ersten Male wäre, was der Junge frohgemut bestätigte. Traugott Senftleben schwieg dazu.

Als sie den Dom verließen, fehlte Kai. Auch einer von Bruder Karls Zwillingen war nicht zur Stelle. Nach zwei Paternostern kamen sie aus einem Papierladen, in dem der Zwilling Ansichtskarten gekauft hatte. Kai Stullgrieß roch nach Tabakqualm, und Senftleben sagte ihm das auf den Kopf zu. Er verlangte die Zigaretten von ihm, aber der Junge hob mokant die Schultern. Er habe keine, und wie der Pastor überhaupt darauf komme. Schließlich habe er ihn wohl nicht beim Rauchen gesehen. »Verstehen Sie«, sagte er und machte ein überlegenes Gesicht, »für mich ist Wahrheit, was man sehen kann. Für Sie ist Wahrheit, was Sie glauben. Sie sollten sich außerhalb der Kirche mehr auf Ihre Augen verlassen, Herr Pastor.« Das war unverschämt, aber gegenüber Kindern stand Traugott Senftleben auf verlorenem Posten. Erwachsene, die ihre Überlegenheit an Kindern ausließen, kamen ihm lächerlich vor.

Bei der Gruppe war Kai Stullgrieß jetzt Hahn im Korbe. Als Bruder Karls Zwillinge mit dem Tischgebet an der Reihe waren, zierten sie sich und schielten zu dem Neuen hinüber, der gelangweilt einige Risse in der Zimmerdecke zu betrachten schien. Schließlich beteten die Zwillinge so leise, daß selbst der Pastor neben ihnen nur das Amen verstand. »Überflüssige Zeitvergeudung!« kommentierte Kai Stullgrieß und griff als erster zur Suppenschüssel. »Ihr redet zu einem, der nicht da ist. Oder seht ihr wen außer uns?« Der Pastor fühlte nicht nur Kai Stullgrieß' Blicke auf sich gerichtet und wußte, daß er ihm diesmal entgegnen mußte. Er legte seine Gabel auf den Tellerrand und sagte: »Es ist nicht so sehr eine Sache des Sehens, mein Lieber. Wenn du nachts in einen Spiegel blickst, siehst du dich darin? Du siehst dich nicht, und dennoch bist du da. Und obwohl du dich nicht siehst, bist du überzeugt, daß du da bist.« Der Junge lachte. »Ich möchte wissen, was Sie unter Überzeugung verstehen!« Traugott Senftleben schob den Teller zurück. »Sie ist eine Kraft«, sagte er mehr zu sich selbst, »die Fähigkeit, ein Spiegelbild nicht für das, was ist, zu nehmen. Ein Spiegel wirft nur bei Lichte zurück, was in der Welt ist.« Der Junge hatte sich längst den Zwillingen zugewandt und unterhielt sich ungeniert mit ihnen. Da habe ich zuguterletzt doch meine Überlegenheit ausspielen wollen, dachte Senftleben betrübt. Und was habe ich damit erreicht? Nichts als daß er mir die natürliche Überlegenheit seiner Jugend entgegensetzt: Respektlosigkeit und Unverständnis. Schlimm ist nur, daß er sich im Recht glaubt, und noch schlimmer, daß er unter den Kindern einige gefunden hat, die ihm glauben. Für sie hat Kai Stullgrieß über mich gesiegt.

Traugott Senftleben sollte sich nicht getäuscht haben. Der eigentliche Chef war fortan Kai Stullgrieß. Zwar gehorchten die Kinder, wenn der Pastor Anordnungen in bezug auf die Reise oder den Tagesablauf erteilte, aber immer liefen sie über den fremden Jungen, und wie der sie aufnahm, gleichgültig oder ablehnend, eifrig oder unter Protest, nach ihm richteten sich die anderen. Er war der Affe, der vor einem zersplitterten Spiegel seine Fratzen schnitt und sich freute, wenn seine Abbilder es ihm nachtaten.

Endlich rückte der Tag heran, an dem Kai Stullgrieß wegen des Orgelkonzerts so viel gelegen war. Pastor Senftleben fand die nervöse Friedfertigkeit seiner Gruppe verdächtig. Sie steckten immer öfter mit dem Langen die Köpfe zusammen, und alle machten tugendsame Gesichter, wenn er in ihre Nähe kam. Er konnte sich jetzt nicht einmal mehr über Kai Stullgrieß beklagen.

Im Zug nach Köthen setzten sie sich eng in einem Abteil zusammen, und wenn Senftlebens Blick über die Gruppe flog, fiel ihm jedesmal eine mühsam zurückgehaltene Spannung in ihren Gesichtern auf, und manchmal hatte er den Eindruck, sie bewachten ihn. Er sah aus dem Fenster, um sich ein wenig abzulenken. Aber seine Gedanken führten seit einiger Zeit Buch über die Reise, und schon eine Zwischenbilanz verriet, daß der Saldo eine totale Niederlage ergeben würde.

Kurz vor der Stadt fuhren sie an einem Bretterzaun vorüber, der mit gelb-roten Plakaten beklebt war. Ein Wort kehrte immer wieder, aber sein Gedächtnis nahm es nicht auf. Dennoch schien es ihm vertraut und wollte ihn an etwas zutiefst Beunruhigendes erinnern. Er mühte sich, etwas, das ihm entfallen war, mit dem Wort zu verbinden, aber er war so müde, daß er darüber für ein paar Augenblicke einnickte.

Als er mit seiner Schar in Köthen ausstieg, sah er die gelb-roten Plakate in der Bahnhofshalle. Sie hingen neben den Ankunfts- und Abfahrtszeiten der Züge, und da stand auch wieder das Wort vor seinen Augen: PHONSTRESS. Jeder, der des Lesens kundig war, wurde nachhaltig informiert, daß heute um 16.00 Uhr auf dem Marktplatz mit der beliebten Gruppe PHONSTRESS ein Konzert stattfände. Der Eintrittspreis schien den hohen Grad ihrer Beliebtheit andeuten zu wollen. Senftlebens Blick suchte Kai Stullgrieß. Der stand vor einem PHONSTRESS-Plakat, als hätte er es entworfen, und als er bemerkte, daß er beobachtet wurde, wandte er den Kopf ab. Aber dem Pastor war der Triumph in seinen Augen nicht entgangen. Jetzt war ihm klar, daß der Junge sich nicht wegen des Orgelkonzerts angeschlossen hatte. Und nun würde er das Phonstress-Spektakel besuchen wollen. Senftleben bezweifelte angesichts des jugendwimmelnden Bahnhofsvorplatzes, daß auf dem üblichen Wege noch eine Karte zu bekommen war. Was der Junge nun auch vorhaben würde, er mußte ein wachsames Auge auf ihn haben! Das war schwierig in dieser Menschenmenge, von der er gehemmt und wieder vorwärtsgestoßen und von den Kindern immer mehr abgedrängt wurde, und Senftleben dachte: dieses eine Mal darf ich keine Niederlage erleiden! Der Lange wollte zum Orgelkonzert, und wahrhaftig, er wird mit mir dahin gelangen! Plötzlich sah er kein bekanntes Gesicht mehr. Er versuchte stehenzubleiben, sich umzusehen. Stolpernd mußte er weiter. Mein Freund Markus Ramin gibt dieses Konzert mir zuliebe, dachte er verzweifelt, und nun muß ich ihn enttäuschen.

An der Straße stauten sich die Menschen, weil die Fußgängerampel auf Rot stand. Als er sich suchend umwandte, sah er seitwärts Kai Stullgrieß' Mützenhut auftauchen, etwas später sein begeistertes Gesicht und kurz darauf auch das des einen Zwillings. Fortan ließ er sie nicht aus den Augen und machte sich auf einen hitzigen Kampf mit ihnen gefaßt. Je näher sie der Jakobskirche kamen, in der Markus Ramin sie erwartete, um so überfüllter wurden die Straßen. Pfarrer und Fans hatten zwar verschiedene Ziele, doch den gleichen irdischen Weg: Die Jakobskirche stand auf dem Marktplatz. Und je näher die kleine Gruppe dem pastoralen Ziel kam, desto schärfer sah er auf sie, daß sich auch keiner seiner Gefährten verdrückte. Aber die schienen seltsamerweise Ähnliches von ihrem Oberhaupt zu befürchten. Sie hingen an seinem Angesichte und drängten nun näher an ihn, als könnte sie kein größerer Verlust treffen als in diesen Minuten von ihrem Seelenhirten getrennt zu werden. Ein Wunder schien geschehen zu sein. Eines, dessen Ursache und Mechanismus der Pastor nicht kannte. Die einfachste Erklärung war, daß seine Kinder endlich Kai Stullgrieß' Wesen durchschaut hatten. Ja, freute er sich, es ist schon richtig: die Kunst zu erziehen ist, nicht zu erziehen.

Der Marktplatz, an den die Kirche grenzte, war abgesperrt. Eine bunte Menge wogte in erwartungsvoller Vorbegeisterung, klatschte in die Hände, sang unverständlich in einer Sprache, von der Senftleben vermutete, es könnte englisch sein. Dem Pastor fielen die Untertitel auf Kai Stullgrieß' Antrittshemd ein: ›Kiss me‹, ›Hot disco‹. Vielleicht war es das, was sie aus Leibeskräften sangen. Dann sahen sie sich einer Mauer aus Menschenrücken gegenüber. Sie stand am rückwärtigen Eingang zur Kirche und sang mit einiger Verspätung, was vom Marktplatz, den man von hier nicht einsehen konnte, herüberkam.

Markus Ramin wollte auf den Kirchenstufen stehen und sie empfangen. Aber dort saß ein Haufe bunten Volks, und Markus Ramin befand sich nicht unter ihnen. Endlich sah ihn der Pastor. Der liebe Mensch stand ein Stockwerk höher auf der Plattform eines der vielen Zwischentürmchen und spähte, wie es schien, sorgenvoll auf die Tobenden zu seinen Füßen herab. »Da ist er!« schrie Senftleben, schrie: »Markus! Markus Ramin!« Der hörte es nicht. »Wir müssen uns bemerkbar machen!« fuchtelte Traugott Senftleben verzweifelt. »Reich mir deine Kappe, Kai, damit ich winken kann!« Seine geschulte Predigerstimme ging im Tosen der auf die PHONSTRESS' Wartenden unter. »Markus!« schrie er mit Macht, daß man ihn zu Hause wenigstens noch im Niederland gehört hätte. Dieses Mal mußten ihn die Nächststehenden vernommen haben. Sie nahmen

Senftlebens Ruf auf, wahrscheinlich in der irrigen Ansicht, einer der PHONSTRESSleute heiße mit Zweit- oder Drittnamen Markus, und bald riefen sie und hüpften dabei ekstatisch: »Markus, Markus, Markus!« Traugott Senftleben sah, wie sein Freund erstaunt nach unten blickte und sich, als verlöre er einen Augenblick den Halt, auf dem Mauerwerk des alten Turmes abstützte. Später erzählte er, einen Pulsschlag lang habe er gedacht, alle diese Leute auf dem Marktplatz wären wegen seines Orgelkonzerts gekommen, aber diese kurze Sekunde habe genügt, ihn, erschreckt vor seiner eigenen unvermuteten Größe, taumeln zu lassen.

Als dann Markus Ramin wieder fest auf den Beinen stand, und mit der Hand die Augen beschattend, fortfuhr, auf die Vielköpfigkeit der nach ihm Schreienden zu blicken, riß der Pastor in seiner Not, trotz so gewaltiger Unterstützung nicht bemerkt zu werden, eines seiner noch ungetragenen Oberhemden aus der Reisetasche und wirbelte es um den Kopf. Und Markus Ramin, der liebe Mensch, der aufmerksame Freund, sah es! Zeitig genug, bevor sich die Begeisterten ihrer Hemden, Halstücher, T-Shirts, Nickis und Sommerjacken entledigten und sie wie Windräder um die heißen Köpfe kreisen ließen.

Nach einer Weile sah Senftleben seinen Freund aus einer engen Türe treten, die er hinter sich sofort wieder verschloß. Dann tauchte er wie im sprudelnden Wasser unter und kam lange nicht zum Vorschein. Nach einer halben Ewigkeit fühlte sich Senftleben auf die Schulter geschlagen. Schräg hinter ihm stand Markus Ramin schweißgebadet mit wirrem Haar, eingerissenem Kragen und verrutschter Jacke. Beide bewegten sie die Lippen, wiesen dann auf ihre Ohren und hoben die Schultern. Der Weg zu den Treppen erwies sich als beschwerlich. Man hielt sie für Schlitzohren, die sich bessere Plätze sichern wollten, und es hagelte Püffe. Endlich gelang es ihnen, die Stufen zu erklimmen und durch das schmale Pförtchen zu verschwinden, durch das Markus Ramin vor einer guten halben Stunde in die Sphäre begeisterter Musikanhänger getaucht war. Der frenetische Lärm war hinter den dicken Mauern noch Geräuschverschnitt, ein Rumoren, das aus einer riesigen Muschel zu kommen schien.

Als sie zum Chor hinaufstiegen, war auch das verstummt. Durch ein halboffenes Fenster war die gleichgültige Stimme eines Mannes zu hören: »Achtung, Mikrofonprobe! Eins, zwei, drei …« Er zählte bis zehn. Pastor Senftleben warf einen Blick durch das Fenster. Die Menge unten war erstarrt und sah atemlos auf den Mann, in dem sie wohl so etwas wie einen Herold der berühmten PHONSTRESS' sahen. Senftleben schloß leise das Fenster. Sein guter Freund Markus Ramin sollte nicht gegen die entfesselte Gewalt von dreißig Lautsprechern orgeln müssen. Er sah nicht die enttäuschten Blicke der Kinder hinter sich, auch nicht Ramins Lächeln, mit dem er sie an der Orgel empfing. Das Gebläse war eingeschaltet und sein Surren jetzt der einzige hörbare Laut. Markus Ramin wartete, bis alle um ihn Platz genommen hatten. »C-Dur-Toccata von Johann Sebastian Bach«, kündigte er an und blickte fragend auf Senftleben. Der nickte. Er hatte seine Schar auf das Konzert vorbereitet. Der Organist schlug die Tasten, der Raum füllte sich bis an die hohen Deckenwölbungen mit Klängen, und die Kinder schienen von der fremden Musik eingenommen. Sogar Kai Stullgrieß verlor sein aufgesetztes Lächeln und starrte stirnrunzelnd zu den Orgelpfeifen hinauf. Vielleicht suchte er einen Lautsprecher. Als Markus Ramin ein Prelüde ansagte, wurde er unruhig und schob sich mit seinem Stuhl langsam auf das Fenster zu, was zur Folge hatte, daß die Zwillinge und nach denen fast alle anderen bald am Fenster klebten. Kai Stullgrieß hatte es vorsichtig um einen Spalt geöffnet, und während eines Andante sprang der Lärm der unten Wartenden darüber hin. Markus Ramin unterbrach sein Spiel und trat lächelnd zum Fenster. Der Pastor hatte in Gedanken verloren hinter ihm gesessen und in die Noten geblickt. Jetzt sah er verwirrt auf. Markus Ramin öffnete eine kleine Pforte, die unweit des Fensters auf eine eingefaßte Plattform führte. Von hier aus hatte man einen Blick auf das Podium der PHONSTRESSER wie von einer Ehrenloge. Er brauchte Kai Stullgrieß nicht zu winken. Der hatte als erster schon beide Füße hinter der Tür. »Mann, o Mann!« schrie er begeistert. »Wir haben es geschafft! Wir sind dabei, boys!« Und die Hände wie ein Sprachrohr gebrauchend, brüllte er hinunter: »Go on! Die Show kann losgehen!« Aber niemand unten hörte ihn. Inzwischen tröstete Markus Ramin seinen entsetzten Freund. »Laß gut sein, Traugott, sie müssen beides kennen. Nur durch den Vergleich erfahren sie, ob etwas gut und was möglicherweise noch besser ist.«

Hinter dem Podium fuhr jetzt ein Spezialauto vor, aus dem die Instrumente gebracht wurden. Die Männer, die mit dieser Arbeit beschäftigt waren, trugen Blue-jeans und bunte Hemden. Als sie das Podium betraten, wurden sie mit stürmischen Ovationen gefeiert, und während sie die Instrumente vor die zugehörigen Mikrophone brachten, rief ein dünner Chor vom Rande des Platzes:

»PHONSTRESS vor!
Alle im Chor!!«

Das schien dort unten allgemein zu gefallen, und bald brüllte es ein jeder. Kai Stullgrieß sorgte dafür, daß Verstärkung von der Höhe kam. Die Stars taten, als ginge sie das nichts an. Was sie machten, war ihre Pflicht, wie es die Pflicht des Bäckers war, Brötchen zu backen, und die einer Krankenschwester, Spritzen zu geben. Sie nahmen unbewegten Gesichts ihre Instrumente zur Hand. Als der erste quäkende Ton einer Klarinette das Ohr der Fans erreichte, empfingen sie ihn mit dankbarem Getöse, das sich bei einer scheppernden Kaskade der Gitarre und des Kayboards steigerte und die Grenze des Überschalls erreichte, als der Drummer auf die vielen Kalbsfelle einhieb. Die Stars wurden von der lauten Liebe ihrer Bewunderer mund- und handtot gemacht: von den Instrumenten war deshalb eine Zeitlang nichts zu hören. Eine fette, dunkle Wolke zog gleichgültig über den Platz und ließ die Beseligten truppweise besorgt aufschauen, was den Vorteil hatte, daß der Ohrenschmaus vom Podium wieder hörbar wurde.

Pastor Senftleben blickte konzentriert nach unten. Wie es schien, waren die Virtuosen durch den Lärm ihrer Fans etwas aus dem Rhythmus gekommen. In der Tat, es war ein wildes Spektakel, was sie sich jetzt auf dem Podium leisteten. Selbst der überaus tolerante Markus Ramin schien die Ohren voll zu haben. Er trat lächelnd von einem Schüler zum anderen auf die Plattform und sprach mit jedem ein paar begütigende Worte. Dabei deutete er zur Tür. Senftleben konnte nicht verstehen, was er sagte. Er sah Markus Ramin nur immer wieder auf die Tür zeigen und wie er von jedem ein Kopfschütteln als Antwort erhielt und von den meisten einen empörten Blick als Zugabe. Kai Stullgrieß aber, dessen Körper wie nach einer Handvoll Juckpulver zuckte, zeigte ihm einen Vogel. Traugott Senftleben suchte sich zu beherrschen. Er schloß die Augen und das Fenster. »Hilf mir, bester Markus!« rief er. »Ist das noch Musik? Hört es sich nicht an, als ob deren tausend Deubel ihre Instrumente in der Hölle stimmten?!« Markus Ramin lachte. »Keine Teufel und nicht in der Hölle«, rief er. Und weil der Lärm noch zunahm, trat er dicht an Senftleben heran und schrie ihm etwas ins Ohr. Was zur Folge hatte, daß der Pastor verdutzt den Kopf zur Seite legte und dann in ein schüttelndes Lachen ausbrach. »Hast du ...«, stammelte er mit Tränen in den Augen, »hast du es ihnen gesagt?« Markus Ramin hob die Schultern. »Sie wollen glauben, was sie sehen.« Senftleben wurde plötzlich ernst. Er wischte sich die Lachtränen aus den Augwinkeln und sah mit seinem Freunde nachdenklich zu den Kindern hinaus, in die plötzlich Bewegung gekommen war.

Die Regenwolke stand nun genau über dem Platz, aber die Gruppe auf der Plattform hatte sich über die Brüstung gebeugt und sah aufgeregt nach unten. Dort packten die Musiker ihre Instrumente zusammen. Gebannt verfolgten die Fans ihr Tun. Die meisten von ihnen schienen an eine witzige Einlage der PHONSTRESS glauben zu wollen. Ein paar Stimmen von unten riefen versuchsweise: »Buuuuh!!« es war der dünne Chor vom Rande. Die Menge war sich nicht einig, ob sie einstimmen sollte. Erregt wogte sie hin und her. Es sah aus, als berate sie sich mit sich selbst. Schließlich versuchte sie es im Guten. »PHONSTRESS vor, alle im Chor!« verlangte sie, und alle klatschten frenetisch.

Ihre Kundgebung hielt noch an, als die Wolke ihr Wasser auf sie niederließ. Traugott Senftleben rief mit der wiedererwachten Autorität des Wissenden die Kinder von der Plattform zurück. Kai Stullgrieß mußte von seinem Beobachtungsposten entfernt werden. Er war heiser und krächzte abwechselnd Ergebenheits- und Droh-Losungen nach unten, obwohl dort nicht einmal mehr einer von den Stühlen zu sehen war, auf denen die Musiker gesessen hatten.

Auf der Heimfahrt im Bus schloß Kai Stullgrieß genießerisch die Augen und seufzte, daß sich der Fahrer besorgt nach ihm umsah. »Männer! Freunde!« heiserte er. »Wir haben die PHONSTRESS' erlebt! Wißt ihr überhaupt, was das heißt?« Er riß die Augen auf, suchte mit den Blicken Traugott Senftleben zu durchbohren und erging sich in Ungezogenheiten über den abwesenden Markus Ramin. Kai Stullgrieß nannte ihn eine musikalische Pfeife und wunderte sich nicht darüber, daß der Mann eine unbekannte Null geblieben sei. »Wollte mir doch einreden, die Jungs da unten wären nicht die PHONSTRESS' gewesen!« Der Busfahrer lachte plötzlich und drehte das Radio lauter. Ein Ansager gab in mitfühlendem Ton bekannt, daß die beliebte Gruppe PHONSTRESS »wegen personeller Schwierigkeiten« nicht anreisen konnte, und das, obwohl die Techniker auf ausverkauftem Platz bereits die Instrumente gestimmt hätten.

Lähmende Stille. Alle sahen auf Kai Stullgrieß. Die Zwillinge bekamen rote Köpfe und zogen sie ein. »Wer's glaubt!« krächzte Kai Stullgrieß. »Es *waren* die PHONSTRESS! Haben wir sie nicht alle gesehen?!« Er schüttelte den Kopf über so viel Blindheit.

Café Berwitz

Im Dorf sagten die Einheimischen, wenn sie ausdrücken wollten, daß aus einer Angelegenheit nichts werden würde: »Wir treffen uns im Café Berwitz.« Auch von den Zugereisten kannten die meisten unter ihnen diese Redensart, waren sie doch, weil sie die Einladung wörtlich genommen hatten, manchem Alteingesessenen auf den Leim gegangen. Unterdessen gab es jetzt nur wenige, die nicht wußten, daß Berwitz nicht einmal einen Konsum, geschweige ein Café aufzuweisen hatte. Senftleben gehörte zu den wenigen.

Berwitz war ein Ort, sogar ein Nachbarort, wenn auch in einem anderen Kreise gelegen, und konnte kaum so viel Häuser sein eigen nennen, als es Buchstaben in seinem Namen hatte. Der Fortschritt in Gestalt von Eisenbahn und Bus schien von dem Buckelwege über den Akazienberg vergrämt worden zu sein, und jeder, den es in eines der Berwitzer Häuser zog, hatte die Wahl, entweder am besten zu laufen oder auf persönliche Gefahr und Rechnung das eigene Verkehrsmittel zu benutzen. Das aber wagten die wenigsten. Allerdings gab es noch eine dritte Möglichkeit, nämlich den Bus nach Gerlebogk zu besteigen. Die Straße war streckenweise recht gut, der Weg nach Gerlebogk bis Berwitz aber weiter als der Buckelweg über den Akazienberg.

Doch genug davon, zunächst soll erzählt werden, wie der Pastor zu der Einladung ins Café Berwitz kam.

Die Geschichte nahm damit ihren Anfang, daß eines Morgens der Spartenvorsitzende von BODENGARE, Meister Scherbaum, seinen jährlichen Inspektionsgang durch sein Reich unternahm und feststellen mußte, daß der Kinderspielplatz dringend einer baldigen Ausbesserung bedurfte. Also war mal wieder ein freiwilliger Arbeitseinsatz fällig. Das war auch seinem Stellvertreter, Hänschels Egon, klar, und weil Meister Scherbaum mit seiner Frau einem Prämienurlaub am Schwarzen Meer nachkam, verschickte Egon an alle Mitglieder der Kleingartensparte Handzettel mit der Aufforderung, sich den zweiten Sonnabend im Mai in der Frühe mit Arbeitsgeräten auf dem Spielplatz einzufinden. Auch in des Pastors Briefkasten fand sich ein solcher Zettel. Zwar stutzte der Pastor anfänglich und glaubte an ein Versehen, da er weder Mitglied war noch einen Garten in der Anlage hatte. Doch fiel ihm ein, wie sehr Meister Scherbaum ihm beim Spargelanbau geholfen hatte. Eine Hand wäscht die andere, dachte er. Daß Meister Scherbaum ihn nun seinerseits zu einer Arbeit rief, war gerecht, wenn auch ein bißchen pingelig. Aber er würde sich nicht lumpen lassen.

Von den Gedanken Senftlebens, vor allem vom Vorwurf der Pingeligkeit, hatte Meister Scherbaum am fernen Schwarzen Meer keine Ahnung. Wie sollte er auch, wenn er doch mit der Einladung nichts zu tun hatte? Da hatte Bruder Karl seine Hände im Spiel gehabt. Er hatte offiziell eine Einladung erhalten. Er erhielt sie jedes Jahr, obwohl er so wenig Spartenmitglied war wie der Pastor. Aber seine Kinderschar hielt sich oft auf dem Spielplatz von BODENGARE auf, und es war zu bemerken, wenn sie da gewesen war. Voriges Jahr hatte sie – um nur ein Beispiel zu nennen – mitten auf dem Platze ein mächtiges Loch gegraben, nur weil sie keinen frischen Sand im Buddelkasten vorgefunden hatte. Der Betätigungsdrang seiner Kinder war nicht bestreitbar, Meister Scherbaum hatte sie wiederholt bei dergleichen phantasievollen Plakkereien angetroffen. Aber nicht nur seine Kinder nutzten den Spartenspielplatz! Auch Pastors Enkel hatte Bruder Karl zuweilen dort gesehen, wenn ihnen der angrenzende

Pfarrgarten nicht mehr ausreichend erschien. Bruder Karl besaß außer seiner Einsicht in eine Menge Wissenschaften einen ausgeprägten Sinn für Gerechtigkeit, auch war dem Pastor die erzwungene Streu-Rücklieferung nicht verziehen, und so hatte er ihm *seinen* Zettel mit der Aufforderung zum Frühlingssubbotnik in den Briefkasten gelegt.

»Und doch«, bemerkte Traugott Senftleben sinnierend – er glättete dabei die Einladung auf dem Küchentisch –, »und doch, ohne dem Meister Scherbaum nahetreten zu wollen, ist er pingelig! Überdies habe *ich* keinen arbeitsfreien Sonnabend.« Er wartete ein wenig, um seiner Frau Gelegenheit zu geben, ihm zuzustimmen. Er wurde aus ihrem Blick nicht klug, nahm ihn aber für Mitleid oder ähnliches, mindestens für Mitgefühl, und er fuhr fort: »Ich frage mich, ob er nicht hätte ein Jahr ins Land gehen lassen können oder zwei. Er aber präsentiert mir die Rechnung wie einem faulen Kunden!« Seine Frau schwieg. Sie war beim Fensterputzen, nun rieb sie stärker. Er knautschte eine Zeitung vom vorletzten Monat zusammen und suchte Glanz auf die untere Scheibe zu polieren. »Was wirst du dort tun müssen?« fragte sie. Sie nahm ihm das Papier aus der Hand. »Na, zum Karrenzählen teilen sie mich gewiß nicht ein.« »Und in zwei Jahren? Oder in zehn?« fragte sie. »Glaubst du, die Arbeit wäre für dich dann leichter?« Er kniff die Lippen zusammen, nickte ergeben und verließ unter Zurücklassung eines mit Schlieren versehenen Fensters die Küche.

Der Sonnabend versprach schön, das heißt sehr warm zu werden. Traugott Senftleben erschien mit einer Schubkarre und in zünftiger Arbeitskleidung, in Latzhosen und gummigestiefelt. Keiner der auf dem Spielplatz Versammelten schien mit ihm gerechnet zu haben. Ihre Verwunderung bemerkte er schon beim Näherkommen, und er war nun recht froh, sich nicht ausgeschlossen zu haben. Gutmütiger

Spott wurde laut, als er seine Karre auf den Spielplatz rollte, auch Gelächter, und Kaspar Berger, der stellvertretend für seinen Schwiegersohn eingesprungen war, wollte wissen, ob er komme, um ihnen dieses Mal vorzumachen, wie man außer Spargel nun Zitronen hier anbaut. Natürlich wissen sie alle, daß ich zu ihrem Arbeitseinsatz eingeladen worden bin, dachte der Pastor. Ja, verstellt euch nur, mich täuscht ihr nicht, Schauspieler alle miteinander! Am besten spielte der Stellvertreter vom Meister Scherbaum seine Rolle, Hänschels Egon. Der sah Senftleben mit herabhängendem Kinn und fast etwas irren Augen an: »Na, mit so hohem Beistand kann's wohl nicht schiefgehen!« stotterte er. Dafür erhielt er einen Stoß vom schönen Alfons, und Hänschels Egon besann sich fast augenblicklich, was aus einer aufraffenden Tat zu ersehen war. Er schritt nämlich auf Senftleben zu, hieß ihn im Namen von BODENGARE willkommen und lobte ihn für seine Initiative, eine Karre mitgebracht zu haben, an die, wie er nachdrücklich bemerkte, kaum einer gedacht hatte. »Und Sie glauben, daß Sie das Ding kutschieren können?« Schwerer Zweifel lag in Hänschels Stimme. Traugott Senftleben zweifelte weniger. Schließlich hatte er die Karre hergeschoben. Er nickte beruhigend. »Beladen?« fragte der schöne Alfons. Der Pastor sah die belustigten Gesichter der Umstehenden. »Ich glaube schon«, sagte er einfach. Was blieb ihm weiter übrig als zu *glauben?* Und mit einem Blick auf die anwesenden Frauen fügte er kühn hinzu, er sei nicht gekommen, um nur Unkraut zu zupfen. Der pure Hochmut, dachte es in Senftleben, und ahnungsvoll hielt er nach dem Fall Ausschau, der ja dem Hochmut immer wie sein Schatten folgen muß.

Für diesmal schien Kaspar Berger am Falle des Pastors bosseln zu wollen. Senftleben hörte, wie er sagte: »Am besten, Sie kommen mit Ihrer Karre zu mir, Pastor!« Und offensichtlich mehr für die Umstehenden bestimmt, fügte er hinzu: »Er kann mir die Gehwegplatten fahren.« Es lachten einige, und ein paar Frauen schlugen mitleidig die Hände zusammen. Bruder Karl stand in Senftlebens Nähe und grinste beunruhigend. »Sie werden uns doch nicht die Karre umschmeißen, wie?« Er erbot sich in aller Bescheidenheit, Senftlebens Handlanger zu sein. Dabei schien er nicht vorzuhaben, sich schonen zu wollen, denn er lud dem Pastor für den Anfang gleich ein Dutzend Platten oder mehr auf die Karre. Senftleben, als er das Gefährt anhob, erschrak über das Gewicht. Er fühlte sich von ihm nach der Seite gerissen, und es gelang ihm, die Schubkarre eben noch aufzusetzen. Kaspar Berger stopfte sich eine Pfeife und wartete ruhig auf die Ankunft der Fuhre. »Er is' 'n studierter Mann«, sagte eine Frau, deren Namen Senftleben nicht einfiel. »Woher soll er wissen, wie einer 'ne Schubkarre packen muß!« Bruder Karl hob den Kopf. Was die Frau sagte, mißfiel ihm. Damit machte sie die Diener der Wissenschaft zu Nichtskönnern und Schwächlingen. Nicht zuletzt auch ihn. Schließlich hatte auch er studiert. Er reckte sich also in die Höhe und erläuterte, daß es zwei Wissenschaften gäbe, wovon die eine keine sei. Er habe für seinen Teil die Naturwissenschaften studiert, und jeder, der sich für sie entschieden habe, sei in der Lage, auch Karre fahren zu können, weil er nämlich vom Gleichgewicht der Kräfte wüßte. Hänschels Egon kratzte sich den Kopf, der schöne Alfons zog die Brauen hoch, und Kaspar Berger verlangte: »Quatsch nicht lange und mach's ihm vor!« Und Egon stichelte hinterher: »Oder hast du's vergessen, wo das Gleichgewicht der Kräfte sitzt? Mach hin! Schließlich wollen wir heute alle noch nach Berwitz ins Café!« Die anderen lachten, und auch Hänschels Egon lachte und verdrehte dabei die Augen, als hätte er eben einen Witz erzählt.

Bruder Karl tat am heitersten und gab dem Pastor ein Zeichen zu erneutem Anfahren. Aber die Leute um ihn waren nicht so vergeßlich, wie er es sich wünschte. Er sah, daß sie ihn noch immer anblickten, spöttischer, wie ihm schien. Sie erwarteten die versprochene Unterweisung, wie man beladene Schubkarren »wissenschaftlich« fährt. Er rückte einige Platten auf dem Gefährt zurecht, was eine Zeitlang währte. Dann berührte er prüfend die Holme und mokierte, daß auf dem einen der Gummigriff fehlte. »Nämlich wenn der Griff auf einer Seite fehlt«, legte er dar, »so ist das, als hätte wer zwei Schuhe mit verschieden starken Sohlen an. Wovon die Folge ein starker Hinkegang ist. Und das heißt, das Gleichgewicht der Kräfte ist wieder einmal beim Deibel.« »Gelehrtes Geschwafel«, bemerkte Kaspar Berger geringschätzig. Er zog heftig an seiner Pfeife. »Neulich sah er blaue Wolken für schwarz an, und heute ist ihm, als hätte die Schubkarre Sohlen.« »Ignorant!« bemerkte Bruder Karl in Bergers Richtung und blinkerte, um Verständnis werbend, zu den Frauen. »Wie hat er mich genannt?« wollte Kaspar Berger wissen. »Das kann ich leider nicht nachsagen«, gab Hänschels Egon ehrlich zu. »Ich will's aber wissen!« beharrte Berger und klopfte die Pfeife aus. Bruder Karl entging die kritische Entwicklung nicht, und er entschloß sich notgedrungen, zu handeln. Er hob die Karre an, schob sie einen Schritt – sie schwankte –, einen zweiten, und dann fiel sie mit ihm um. Kaspar Berger schniefte verachtungsvoll, klemmte sich die erkaltete Pfeife zwischen die Zähne und stapelte wortlos die Platten wieder auf die Karre. »Soviel zur Wissenschaft!« ließ er sich vernehmen, packte noch drei Platten auf und bugsierte sie allesamt mit Leichtigkeit ans Ziel. Den Pastor wies er an, Kies in das Plattenbett zu schaufeln, er selber fuhr jetzt die Karre, und Bruder Karl blieb Handlanger. Immer wenn die Schubkarre vor ihm auftauchte, bedachte er sie mit vernichtenden Blicken.

In der Frühstückspause – die Sonne stand nun schon eine Handbreit über dem Horizont und begann einzuheizen – sehnte sich der schöne Alfons nach einem kühlen Bier, worauf ihn Hänschels Egon ein ganzes Faß davon im Café Berwitz in Aussicht stellte. »War'n Sie mal dort?« forschte Berger, als er Senftlebens fragenden Blick bemerkte. »Bislang noch nicht«, gab der Pastor zu. Die Teilnehmer am Frühlingssubbotnik schienen mitleidig zu grinsen, und Traugott Senftleben hatte das Gefühl, etwas enorm Wichtiges im Leben verpaßt zu haben. »Wirklich, Sie kennen das Café Berwitz nicht?« fragte Bruder Karl. Er schien Mühe zu haben, sein Erstaunen zu unterdrücken. »Na, das trifft sich gut«, nickte Hänschels Egon, »alleweil Sie 's ja heute nachmittag kennenlernen werden.« Die meisten Spartenmitglieder machten jetzt todernste Gesichter und nickten. Und der schöne Alfons erklärte: »Wir stehen geschlossen hinter dem guten Brauch, wer gemeinsam arbeitet, soll auch gemeinsam feiern. Und heute um die Vesperzeit geht's ins Café Berwitz.« Hänschels Frau, eine dicke Person mit nachdenklichen Augen unter der Lockenfrisur, warf einen Erdklumpen zu den Männern hinüber. »Nun macht mir den Pastor nicht kopfscheu mit eurem Gerede!« Und zu Senftleben gewandt: »Machen Sie sich nischt daraus. Die schicken jeden, mit dem sie 's machen können, mitten im Sommer nach Schnee.« »Ach, du Schwätzerin, was du bloß so daherschwafelst!« entrüstete sich ihr Mann.

Traugott Senftleben wußte nicht, was er von alldem zu halten hatte. Wollten die Spartenmitglieder ihn als einen nicht Zugehörigen hereinlegen? Oder bedeutete, was Egons Frau geäußert hatte, daß man ihn nicht bei der Feier haben wollte, nachdem Egon ihn schon nach

Berwitz ins Café eingeladen hatte? Bruder Karl, der alle Gehwegplatten verhandlangert hatte und seit einer Weile mit Senftleben Kies streute, klärte ihn bereitwillig auf. »Es ist so«, sagte er, »daß halt manche hier ihre Bedenken haben, wenn ein Pastor mit ihnen feiert. Das muß man ihnen nicht verübeln. Altmodisch wie sie sind, meinen sie, der Pastor gehört in die Kirche, nicht in die Kneipe.« Traugott Senftleben wollte nicht verheimlichen, daß er da wohl auch noch etwas zu den Altmodischen gehöre, doch Bruder Karl fuhr fort: »Die meisten von uns aber würden es Ihnen übelnehmen, wenn Sie nicht ins Café Berwitz kämen.« »Ich hatte den Eindruck ...« wandte der Pastor ein, aber Bruder Karl fiel ihm ins Wort: »Natürlich, natürlich! Aber Eindrücke trügen. Selbstverständlich werden Sie kommen!« Traugott Senftleben räusperte sich. »Wenn ich mich Ihnen anschließen dürfte?« fragte er leise. Bruder Karl scharrte mit der Schaufel über den Kies. »Schon deswegen«, erklärte der Pastor, »weil ich nicht weiß, in welcher Gegend von Berwitz dieses Café liegt.« »Für einen, der Augen hat, fällt es direkt in den Blick«, behauptete Bruder Karl. »Und was Ihre Frage betrifft«, druckste er, »ich weiß nicht, was nachmittags im Hause anfällt. Es kann sein, daß ich mich enorm verspäte, wenn ich mich nicht sofort auf den Weg mache.« Er hob leidend die Schultern. »Subbotniks, wollte sagen sonnabends, läßt sich Heiderose auch immer mit der Essenzubereitung Zeit.« Er nickte ergeben vor sich hin. »Ich werde deshalb wohl gleich in Berwitz ein einfaches Mahl einnehmen. Tut mir leid.«

Vom Kirchturm schlug die Glocke Mittag, als der Stellvertreter von BODENGARE Feierabend verkündete. Traugott Senftleben ächzte erleichtert. Er wußte nicht, ob ihn die wundgescheuerten Hände mehr schmerzten oder der Rücken. Niemand wies noch einmal auf die Nachmittagsfeier hin, jeder strebte an den heimischen Tisch. Nur Bruder Karl drehte sich noch einmal nach dem Pastor um und rief ihm zu: »Alsdann bis auf den Nachmittag im Café Berwitz!« Und Hänschels Egon, ein Bein auf dem Fahrrad, drohte: »Daß mir auch keiner fehlt!« Worauf der schöne Alfons neugierig lächelnd Senftleben ansah. Nein, dachte da der Pastor, da ist kein Gedanke an Wegbleiben. Daran liegt mir nichts, daß ich sie verärgere. Der schöne Alfons hat schon recht, wer gemeinsam arbeitet, soll gemeinsam feiern. Mitgegangen, mitgefangen. Er hob mit zusammengebissenen Zähnen die leere Schubkarre an. Sie erschien ihm bedeutend schwerer als auf der Herfahrt. Nur gut, daß er es nicht weit bis zum Pfarrgarten hatte. Er sehnte sich nach Schatten und Stille. Wie gern hätte er nach dem Mittagessen ein Stündchen geruht. Was heißt *eines?* So zerschlagen, wie er sich fühlte, konnte nur ein Dauerschlaf ihm Erquickung bringen. Er gähnte erschöpft, und seine Schubkarre kam aus dem »Gleichgewicht der Kräfte«, das heißt, sie schleuderte, als ob sie bis über den Rand mit klotzigen Gehwegplatten beladen wäre. Natürlich nahm das sein Rücken krumm, und seine Hände brannten. Wenn er an den langen Weg nach Berwitz dachte, und wenn er daran dachte, daß er ihn gar zweimal zurückzulegen hatte, nach Berwitz hinein, aus Berwitz heraus, konnte er vor Selbstmitleid nur ein weiteres Mal ächzen.

Das Essen stand in einem Topf auf dem Tisch. Ein Zettel lehnte daran. Die Pastorin teilte ihrem Manne mit, daß sie auf ihn nicht länger hätte warten können. Ihre Friseuse – er wisse doch. Er ließ sich am Tisch auf einen Stuhl fallen, während es in ihm grübelte, *was* er wissen solle. Schließlich fiel ihm ein, daß seine Frau jeden zweiten Sonnabend zu Friedel Nowak ging, um sich

»aufmöbeln« zu lassen, wie die Pastorin das nannte. Friedel Nowak war Friseuse im Ruhestand und ignorierte den Fortschritt, an Sonnabenden keine Dienstleistungen zu verrichten, weit und breit als einzige. Deshalb fanden sich gerade am Sonnabend bei ihr so viele Leute ein wie beim Arbeitseinsatz in der Gartensparte. Friedel Nowak betrieb ihre Einsätze als Einzelperson, ohne einen angemeldeten Betrieb zu haben. Sie übte ihr Handwerk in einer großräumigen Badestube aus und wurde vom überlasteten örtlichen Friseurladen nicht zur Kenntnis genommen. Es ging sehr familiär zu bei Friedel Nowak. Das Wartezimmer begann in der Hofeinfahrt und setzte sich über einen schlauchförmigen Gang zur Wohnstube und von dort zum Atelier der Meisterin, dem Badezimmer, fort. Man unterhielt sich besser als vor der eigenen Haustür, und so sah man oft Kundinnen mit bereits frisch frisierten Köpfen unter den Wartenden sitzen, weil sie noch das Ende irgendeiner Geschichte erfahren wollten oder selbst noch etwas zum besten geben mußten. Ja, es konnte spät werden, ehe die Pastorin von der Friseuse zurückkam!

Senftleben hob den Deckel vom Topf. Nudelsuppe. Er fühlte sich zu müde, sie aufzuwärmen, und aß ein paar Löffel davon kalt. Ihm fehlte der Appetit. Er stellte den Wecker für zwei Stunden und legte sich auf das Sofa. Die gummibestiefelten Beine ließ er herabbaumeln. Doch er war selbst zum Schlafen zu müde. Seine Tätigkeit als Karrenfahrer und Kies-Schaufler schien noch nicht abgeschlossen, und während er seine Muskeln verspannte, sah er sich noch in der Gartensparte arbeiten. Traugott Senftleben fürchtete, trotz aller Anstrengung wieder einmal keine gute Figur abgegeben zu haben. Sein Hirn trieb mit ihm das Spiel »Wie saht ihr mich?«, das darin bestand, in alle möglichen Personen zu schlüpfen und sich selbst mit ihren Augen zu sehen, mit denen von Egon Hänschel, vom schönen Alfons und von Kaspar Berger.

Als er sich eben mit den Augen von Bruder Karl betrachten wollte, fiel ihm ein, daß er ihn einholen könnte, falls er das Rad nähme. Was sollte er mit schmerzenden Gliedern länger auf Schlaf warten? Also wusch er sich flink, zog sich seinen hellblauen Feiertags-Nachmittagsanzug an und sah nach dem Rade. Wenn es gestohlen wird, dachte er, macht es den Dieb nicht reicher, mich aber auch nicht ärmer. Als er das Rad bestieg, fiel ihm ein, daß er seiner Frau wohl eine Nachricht zurücklassen sollte. So ging er noch einmal in die Küche und schrieb unter ihre Mitteilung: »Meine Liebe! Bin auf Einladung der Gartensparte im Café Berwitz. Dein Traugott. P. S. Ich nehme das Fahrrad.« Er unterdrückte mit Hilfe von Tiefatmung einen neuen Anfall von Gähnen und strampelte zum Dorf hinaus, über den staubigen Feldweg, am Sportplatz vorbei, auf dem bei dieser Hitze nicht einmal Kinder zu sehen waren. Aus der Senke leuchteten die bunten Lauben der Gartensparte wie abschiednehmend aus dem Grün der Hecken und Obstspindeln. Ob Meister Scherbaum, wenn er vom Schwarzen Meer zurückkam, noch einen Subbotnik ansagen würde? Man erwartete gewiß von Senftleben, daß er auch an diesem teilnähme. Wer einmal A gesagt hatte, mußte auch B sagen.

Der Pastor kam ins Schwitzen. Er lockerte den Binder und stieg vom Rade. Hier kam man sowieso besser zu Fuß weiter. Hatte er erst den Akazienberg hinter sich – einstmals wuchsen dort Weinstöcke statt Sauerampfer und Huflattich –, begann Berwitz. Von Bruder Karl war noch nichts zu sehen. Außer zwei spielenden Hasen und einem kreisenden Habicht war kein Lebewesen zu erblicken. Vielleicht ist er über Gerlebogk gefahren, kam dem Pastor in den Sinn. Wenn er Glück hatte, konnte er vielleicht in der Mitte des Dorfes auf ihn treffen.

Traugott Senftleben schob das Rad über die tiefen Fahrrinnen, die schwere Feldmaschinen in den Weg gedrückt hatten. Hier war auch das Laufen mühsam, und er rutschte immer wieder ab. Die Felder auf der rechten Seite hörten auf und machten einem verwachsenen Dikkicht Platz. Ein halbwüchsiges Paar verschwand in den Büschen, bevor sie der Pastor nach dem Café fragen konnte. Nach wenigen Schritten kam ein langgestrecktes Gebäude in Sicht, groß genug für mindestens fünfzig Gäste. Senftleben schien am Ziele zu sein! Er blieb stehen. Nein, er hätte nicht gedacht, daß Café Berwitz in einer so reizvollen Ecke lag! Es streckte sich mitten auf einer etwas verwilderten Wiese, und man genoß von hier aus einen Blick auf einen kleinen Bach, der wie ein glitzernder Saum die hinabgeneigte Oberfläche umschloß.

Senftleben sah vor dem Hause eine Frau sitzen, die, ohne aufzublicken, Radieschen säuberte.

»Schönen Gruß, liebe Frau«, sprach zu ihr der Pastor, der sich nach einem heißen Kaffee oder einem kühlen Bier sehnte, mehr noch nach beidem. Die Frau fuhr zusammen, erwiderte dann aber das Lächeln des fremden Mannes. Traugott Senftleben, in Erwartung künftiger Genüsse, wurde völlig zum Charmeur. »Ich irre mich doch nicht, wenn ich die Wirtin vom Café Berwitz vor mir habe?« fragte er lächelnd. Sie sah ihn verdutzt an, drohte dann mit dem Finger und begann, hellauf zu lachen. Es klang ansteckend, und der Pastor lachte mit. Da sie nicht aufhören wollte, entschloß er sich, am Gatter entlangzulaufen und selbst den Eingang zu suchen. »Das Café!« rief die Frau, dem Ersticken nahe. »Na, Sie sind gut! Aber gehen Sie getrost weiter, Sie werden schon von selber darauf stoßen!« Die Frau war jetzt außerhalb seines

Blickfeldes, dennoch bedankte er sich bei ihr. Er hatte den Eingang nicht gefunden. Vielleicht gab es auf dieser Seite keinen, vielleicht lag er auf der Wiesenseite. Traugott Senftleben hatte sich von der lachenden Frau ein beträchtliches Stück Wegs entfernt, als ihm einfiel, nicht nach der Richtung gefragt zu haben, die er im Dorfe einschlagen müßte. »Rechts oder links?« rief er, nach rückwärts gewandt. Er lauschte, aber er bekam keine Auskunft. Wahrscheinlich war die Frau ins Haus gegangen.

Kurz hinter dem Anwesen führte der Weg abwärts, und Senftleben, der das Rad noch immer führte, mußte die Handbremse ziehen. Hinter einer Biegung waren drei oder vier Häuser zu sehen, die aus den Obstgärten herauswuchsen. Aus einem war das Geklirr von Kaffeegeschirr und geselliger Lärm zu hören. Na also, dachte der Pastor aufatmend und folgte den ermunternden Geräuschen. Er fand sich bald vor einem schmucken Häuschen, dessen Giebelseite die einladende Aufschrift BERWITZ-RUH trug. Sehr ruhig ging es allerdings in dem schattigen Baumgarten nicht zu. An weißgedeckten langen Tischen saßen die Kaffeegäste, deren Zahl der Pastor auf gut fünfzig schätzte. Da ihm die Sonne entgegenstand, konnte er ihre Gesichter nicht erkennen, doch war er sicher, am zweiten Tisch einige Frauen aus seinem Dorf entdeckt zu haben. Und als nun einer der Männer – dem Gehabe nach konnte es nur Hänschels Egon sein – mit fröhlicher Donnerstimme durch den Garten rief: »Wer hat noch keinen Kaffee?«, da öffnete der Pastor eilig das Tor, winkte den Versammelten freundlich zu und rief: »I-ch!« Sprachlose Stille trat ein, dann wurde laut gelacht. Dem Pastor kam der Verdacht, daß etwas nicht stimmte. Die Sonne blendete ihn, und er zwinkerte mit den Augen.

»Treten Sie näher!« übertönte Hänschels Stimme den Lärm. »Es ist genug da! Kaffee für den Gast und Kuchen!« Senftleben, wieder sicher geworden durch Hänschels Aufforderung, ging, bei jedem Schritte zur Begrüßung nickend, auf den zweiten Tisch zu und stutzte. Wer hier saß, war ihm fremd. Die Leute rückten zur Seite und baten den Grübelnden, sich zu setzen. Jemand versicherte, daß der Kaffee bald käme, und eine Frau wollte wissen, ob er schon lange unterwegs sei und wen er suche. Und während er mechanisch Auskunft gab und die in seiner Nähe Sitzenden erneut lachten, suchten seine Augen rundum nach einem bekannten Gesicht vom Vormittag. Sobald Hänschels Egon in seiner Nähe auftauchen würde, wollte er ihn fragen, wo denn die anderen säßen. Vielleicht hatten sie im Garten keinen Platz gefunden und waren im Haus?

Er fuhr herum, als eine Männerstimme hinter ihm um seine Tasse bat. Da war ja endlich Hänschels Egon! Senftleben starrte den Mann an. Er war ihm völlig unbekannt, älter als Egon, beleibter, und auf dem Revers trug er ein silbernes Sträußchen. Er fragte Senftleben, ob er auch Zucker und Milch nähme, und die Frauen kicherten. »Mein Glückwunsch zur silbernen Hochzeit«, gratulierte der Pastor und deutete auf den Silberstrauß des Dicken. Er fühlte sich von ihm ausgehalten und wünschte sich endlich zu seinen Arbeitskollegen. Wieder blickte er die Tischreihen entlang. Die Nachbarin zur Rechten mißverstand seinen Rundblick und schob ihm einen Teller Hefegebäck zu. Oder ob er lieber einen Kognak wolle. Er wollte weder das eine noch das andere.

Traugott Senftleben wurde noch unbehaglicher zumute. Er räusperte sich. »Feiert die Sparte BODEN-GARE im Hause«, wollte er wissen. Er fühlte sich angestarrt, gegenüber schüttelte einer den Kopf, und seine Nachbarin rückte von ihm ab. An einem Nußbaum lehnte ein junger Mann, der nicht mehr ganz sicher auf den Beinen stand. Trotzdem machte er sich die Mühe, auf einen Stuhl zu steigen, formte die Hände wie Schalltrichter vor dem Mund und rief: »Ist die Sp--Sparte BODENGARE zu Haus?« Es war albern, um so mehr, weil er Gare wie Karre aussprach. Die Kaffeegäste lachten, was ihn so zu bewegen schien, daß er mit dem Stuhle umstürzte. Traugott Senftleben sah, daß der Junge gleich wieder auf den Beinen stand, und lachte mit den anderen.

Aber nun war es an der Zeit, die eigenen Leute zu suchen! Er hatte sich eben erhoben, als ihm der dicke Silberbräutigam auf die Schulter tippte. »Aber Sie wollen doch nicht etwa gehen? Gefällt es Ihnen nicht bei uns?« Der Pastor nickte von Herzen. »Aber wie kommen Sie darauf, mein Freund, ich finde es wunderbar. Doch sollten Sie mir nicht böse sein, wenn ich den Tisch jetzt wechsle und mich zu meinen Freunden begebe.« Der Silberbräutigam bekam ein nachdenkliches Gesicht. »Wir wußten nicht, daß Sie hier Freunde haben«, sagte er überrascht. Senftleben winkte ab. »Ich vermute, daß sie im Hause sind, da ich sie im Garten nirgends sehe.« Der Bräutigam dachte nach. Er ließ sich einen Kognak einfüllen und schluckte ihn hinunter. Dann ließ er nachfüllen, drückte auch dem Pastor ein volles Glas in die Hand und fragte ihn: »Und wo, lieber Herr, wollten Sie sich treffen?« Senftleben wollte antworten, aber der Mann hob den Finger. »Erst sollten wir einen trinken!« Sie tranken, und der Bräutigam sagte, daß er Paul heiße, worauf auch Senftleben seinen Namen nannte. Dann tranken sie noch einen, und Paul meinte, nun müßten sie »du« zueinander sagen. Er bestand darauf, und auch auf noch einem Kognak. Und dann durfte sein neuer Duzfreund antworten. Der Alkohol war ihm in die Zunge gefahren, und so sagte er undeutlich und leise: »Nun, lieber Paul, wenn du es genau wissen willst ...« »Ja, ja!« – »Im Café Berwitz.« »Wo??? Bei meinen silbernen Ehejahren, ich kann nicht mehr! Sag's noch einmal, Traugott, sag's lauter!« Und Traugott Senftleben, angeheitert und sich unter guten Freunden fühlend, schrie: »Na, nun wirst du es wohl verstehen, im Café Berwitz, hier im Café Berwitz wollten wir uns treffen!« Gelächter schoß in die einbrechende Dunkelheit wie auffahrende Sektkorken. Frauen ruderten mit den Armen, gicksten in ihre Taschentücher, während einige der Männer über dem Tisch lagen oder mit den Beinen trampelten. Die Frau des dicken Silberbräutigams trat mit einer Sektflasche herzu. Ihre Schultern zuckten. »Hertchen«, sagte Paul mit Unterbrechungen, »nimm dir auch ein Glas!« Er klopfte Senftleben auf die Schulter. »Sie heißt Hertchen. Stoß auch mit ihr an. Gast im Haus, Gott im Haus. Tu uns die Liebe!« Traugott stieß auch mit Hertchen an, und ein über das andere Mal riß es ihn hin, ein Hoch auszurufen auf die Welt, den Wein, das Wirtspaar, womit er Paul und Hertchen meinte, und wenn ihm einmal gar nichts einfiel, rief er: »Ein schönes Café habt ihr hier in Berwitz!«, und er konnte allemal mit heiterem Beifall rechnen.

Es war spät geworden, als Motorenlärm von der bisher so stillen Straße zu hören war. Der junge Mensch, der vorhin vom Stuhle gefallen war, kam zu Senftleben herüber. »Sind Sie der Pastor?« fragte er. Und als Senftleben gewichtig nickte: »Draußen steht Ihre Sparte mit Ihrer Frau.« Wahrhaftig, da waren sie, die Gesuchten! In Autos waren sie gekommen, auf Mopeds und Fahrrädern. Der ganze Subbotnik war da. Sogar die Frauen, die Unkraut gezupft hatten, schienen vollständig anwesend zu sein. Zustande gebracht hatte es die Pastorin. Als ihr Traugott eine reichliche Stunde nach dem

Abendbrot noch überfällig war, hatte sie Lärm geschlagen. »Ihr habt den Mann ins Nirgendwo geschickt, nun sucht ihn auch!« Die hatten zuerst gegrinst, dann waren sie unruhig geworden und zuletzt besorgt. Jetzt, nachdem sie in Berwitz von Haus zu Haus gezogen waren, in jeden Garten gesehen und alle Feldscheunen zwischen Gerlebogk und dem Akazienberg inspiziert hatten, standen sie zur halben Nacht mitten im Dorfe, waren Traugott Senftleben nachgefolgt, der doch als einziger hier hatte eintreffen sollen, allein, ohne sie. Wie man hörte, war er noch am Leben. Die Wartenden atmeten auf, als Hänschels Egon verkündete: »Es ist amtlich, Leute, der Pastor ist mopsfidel!« Wer es wollte, konnte sich überzeugen. Traugott Senftleben aber verspürte nicht die geringste Lust, Berwitz und seine neuen Freunde zu verlassen. Doch seine Frau verließ sich auf ihr Gefühl, und das sagte ihr, dafür sei die rechte Zeit gekommen.

»Warum kommt ihr so spät?« fragte der Pastor draußen vorwurfsvoll die Subbotniker. »Habt ihr Café Berwitz erst jetzt gefunden?« Sie schwiegen dazu. Die Pastorin führte ihn mit Pauls Unterstützung zum »Lada« des schönen Alfons. Bruder Karl aber wandte sich, bevor er sein Rad bestieg, an Hänschels Egon und sagte: »Da geht einer aus, um einen Esel zu suchen, und findet ein Königreich.« »Daß es doch gar nicht gibt, von Rechts wegen«, pflichtete ihm Hänschel bei. »Aber die Esel gibt es«, stellte Bruder Karl fest und fuhr als einziger auf dem längeren Wege heimwärts.

Dieser Shakespeare!

Da würde also bald das Fest der goldenen Konfirmation gefeiert werden!

Nachdem Pastor Senftleben und seine Frau Einladungen aus dem Sprengel in alle Haupt- und Nebenhimmelsrichtungen versandt hatten, reisten die Gäste seit einigen Tagen an. Die meisten von ihnen kamen bei Verwandten und Schulfreunden unter, und auch die Pastorsleute hatten jemanden aufgenommen. Es war ein kleiner, etwas schwerhöriger Mann, Mitte sechzig, aber einige Jahre jünger aussehend. In seiner Sprache gab er sich altväterlich. Das schneeweiße Haar war wirkungsvoll um die Schläfen drapiert und erinnerte an den verblichenen Ruhmeskranz eines Mimen. Der alte Herr hieß Putz, war über vier Jahrzehnte lang Lehrer und, wie er gleich bei seiner Ankunft verriet, erfolgreich Regisseur und Darsteller in einer Laienspielgruppe gewesen.

Dem Pastor und seiner Frau fiel sofort die Quecksilbrigkeit ihres Gastes auf, der, kaum daß er in seiner Kammer den Koffer ausgepackt hatte, wieder herunterkam und um Einsicht in die Liste der Jubelkonfirmanden bat. Senftleben, der sie vor ihm auf den Tisch legte, bemerkte, daß Herr Putz ungeduldig mit dem Finger die gelesenen Namen gleichsam durchstrich. Endlich stockte seine Bewegung, und seine Stimme zitterte leicht, als er sagte: »Das ist sie! Dora Knüsel geborene Lummitsch, die mich verließ am Tage, als wir des großen Briten Werk ›Romeo und Julia‹ aufführten. Zwei Szenen, nicht das Stück in Gänze«, wandte er sich entschuldigend an den Pastor. »Dora Knüsel! Ihretwegen habe ich unser Dorf verlassen, und ihretwegen bin ich heute zurückgekehrt.« Er sah Senftleben und seine Frau mit glänzenden Augen an. »Das erste Mal nach dem Tode ihres Mannes vor vielen Jahren werde ich mich mit ihr aussprechen können, nachdem sie bislang meine neuerlichen Annäherungen – auch briefliche – strikt zurückgewiesen hat. Doch vor wenigen Wochen, nachdem wir uns zufällig auf einem Bahnhof wiedergesehen hatten, hat mir Dora geschrieben, daß sie mir hier zum Feste Gelegenheit geben werde, sie zu sprechen.« Er verzog den Mund, und einen Augenblick sah es aus, als würde er in Tränen ausbrechen, doch ein kurzer Blick zurück auf die Liste schien ihn zu beruhigen. »Sie liebten sich beide, doch keiner wollt' es dem andern gesteh'n«, begann er plötzlich zu deklamieren. »Heine!« verriet er, und er nickte heftig. »Wie bei Knüsels Dora und mir. Sie verließ mich während einer Shakespeare-Szene, wollte von Stund an nichts mehr von mir hören und nahm eines Tages ›den ersten besten Mann‹, wie es ebenfalls bei Heine heißt. Ich hätte mich für meine Kunst entschieden und für Shakespeare statt für sie, ließ sie mich wissen. Und warum? Weil ich ihr, während sie mitten im Stück von der Bühne verschwand, nicht sofort nachgelaufen bin! Glauben Sie mir, ich habe meine Pflicht einem großen Dichter gegenüber teuer büßen müssen! – Doch nun sagen Sie mir, unter welchem Dache sich meine liebe Dora befindet!« »Einen Kaffee sollten Sie wenigstens mit uns trinken nach der langen Reise«, wandte die Pastorin besorgt ein, aber Herr Putz hob abwehrend beide Hände. »Nun, wie Sie wollen«, sagte Senftleben. »Sie ist bei Stellmacher Talauf untergekommen. »Bei wem?« fragte Herr Putz und hielt die Hand ans Ohr. »Beim Meister Talauf.« »Sie meinen den im Niederland?« fragte Herr Putz ängstlich. Der Pastor nickte. »Eine alteingesessene Familie. Sie müßten sie kennen.« »Und ob!« sagte Herr Putz leise. »Willi Talauf war es doch, der meine liebe Dora von der Bühne vertrieben hat!« Er hatte es plötzlich eilig, entschuldigte sich und verließ mit einem hastig gestammelten Gruß das Haus.

»Was hältst du davon?« wollte der Pastor von seiner Frau wissen. Sie hob die Schultern. »Er liebt diese Dora.« »Ein bißchen heftig. Meinst du nicht?« »Findest du?« Er sah sie erstaunt an. »Na, ich bitte dich! Romeo und Julia mit fast siebzig? Ich muß sagen, selbst als Student habe ich dieses junge veronesische Paar als exaltiert empfunden. Du etwa nicht?« Sie überlegte und schüttelte dann den Kopf. »Nein, Traugott, stell dir vor, ich nicht. Ganz und gar nicht. Ich glaube, jedes Mädchen war einmal im Leben diese Julia, und wer weiß, vielleicht könnte ich es noch heute sein.« Der Pastor lachte, bekam aber plötzlich runde Augen und fragte: »Was meinst du damit, du könntest? Das klingt ja, als ob dir dabei jemand im Wege stände!« »Vorbei, vorüber!« erwiderte die Pastorin leichthin. Aber jetzt war Senftleben neugierig geworden. »Ich habe bis zum heutigen Tage nicht gewußt, daß ich es bin, der einer großen Liebe im Wege gestanden hat«, beklagte er sich, und um seine Stimme wehte ein Schleier von Tragik. »Dummerjan«, sagte sie und küßte ihn auf die Stirn. »Wenn du wem im Wege gestanden hast, dann nur dir selbst.« Er schüttelte den Kopf, schien aber nachzudenken. »Heißt das, ich habe dich nicht glücklich machen können?« Sie zögerte mit der Antwort. Glück – sie hatte mit diesem Wort nie groß etwas anfangen können. Es schloß allzuviel ein, war mehrdeutig und ebenso wenig bestimmbar wie ein Tropfen Wasser im Fluß. Sie lächelte. »Hast du meinetwegen je einen Balkon bestiegen, Traugott, mich auf den Festen gesucht und deinen Engel genannt?« Er blickte verständnislos, entschloß sich dann aber zu lachen. »Natürlich nicht. Das Leben ist kein Theater.« Die Vorstellung, zu handeln und zu sprechen wie jener Romeo, erfüllte ihn schließlich mit ungespielter Heiterkeit. »Ich hätte dein Gesicht sehen wollen«, kicherte er und hielt sich die Seiten, »wenn ich dich ›mein Engel‹ genannt hätte!« »Nein«, sagte sie und machte sich am Gasherd zu schaffen, »du hast es nicht getan.«

Herr Putz hatte das Pastorenhaus noch keine halbe Stunde verlassen, als an der Tür geklingelt wurde. »Öffne du ihm!« bat die Pastorin. »Ich mag unserem Gast nicht in die Augen sehen, wenn er von seiner Dora abgewiesen worden ist.« Aber es war nicht Herr Putz. Draußen standen zwei Frauen, verhältnismäßig jung und derb die eine. Sie hielt eine ältere, kleine Person mit braunen Augen unter dem gefärbten Haar am Arm. »Meine Mutter sucht den alten Putz«, gab die Dralle Bescheid, kaum daß sie gegrüßt hatte. Sie bewegte den schweren Oberkörper und versuchte mit zusammengekniffenen Augen, über Senftlebens Schulter hinweg den schmalen Korridor zu durchforschen. »Herr Putz«, antwortete der Pastor unbehaglich, »ist vor kurzer Zeit ins Dorf gegangen. Wenn Sie mir Ihren Namen zurücklassen wollen, ...« Er machte eine Kunstpause, die von der älteren Dame genutzt wurde. »Dora Knüsel«, stellte sie sich flüsternd vor, »geborene Lummitsch. Nebst Tochter, die mich hier betreut«, fügte sie nach einem kleinen Stoß der Drallen hinzu. Das Unbehagen war jetzt an ihr, und Senftleben sah, daß sie sich zurückziehen wollte. Aber die Tochter ließ sie nicht von ihrer Seite. »Warte noch!« befahl sie, und ins Haus hinein fragte sie: »Hat er gesagt, wohin er wollte?« Dora Knüsel senkte die Augen. »Es ist wohl so, daß Sie sich verfehlt haben«, vermutete Senftleben. Er trat zögernd vom Eingang zurück. »Wenn Sie auf ihn warten wollen?« fragte er unsicher. Die jüngere Knüsel übersah den unwilligen Blick der Mutter. »Wir werden schon nicht über Nacht bleiben«, bekundete sie mit einem tröstenden Augenaufschlag zum Pastor hin. Senftleben ließ sie in der kleinen Diele unter der Treppe Platz nehmen. Die Knüseltochter gab erst jetzt den Arm der Mutter frei. »Die Sache ist eben die, daß sie sich in den Kopf gesetzt hat, ihren Jugendfreund wiederzusehen«, sagte sie laut und seufzte. »Es ist schon die Wahrheit, daß ein goldener Ring und alte Liebe nicht rosten, und gut ist's, wenn's beim Sehen bleibt!« »Griseldis ist jung«, ließ sich Dora Knüsel nachsichtig hören, »obwohl sie heuer auch schon die silberne Konfirmation feiert. Aber man muß wohl erst alt geworden sein, um zu verstehen. Und auch die Sehnsucht muß alt geworden sein, alt genug, daß die Eitelkeit abgefallen ist, der Übermut und der Stolz.«

Die Tochter seufzte abermals und erhob sich. »Ich höre in der Küche schaffen. Vielleicht, daß ich derweilen Ihrer Frau zu Händen gehe?« Sie ging, und Dora sagte: »Sie will gewiß das Beste für mich, aber seit sie geschieden ist, sieht sie nur noch Gefahren und in mir nicht mehr die Mutter, sondern ihr Kind.«

Die Pastorin war erstaunt, als sich die Tür öffnete und Dora Knüsels Tochter in der Küche auftauchte. Die stellte sich kurz vor und fragte, ob sie ihre Mutter hier erwarten könne. »Ich kann es schon nicht mehr hören«, entschuldigte sie sich bei der Pastorin, als wäre sie eine alte Bekannte. »Immerfort geht es um Adalbertchen hier und Adalbertchen da. Adalbert Putz«, erklärte sie nach einem verständnislosen Blick der Pastorin. »Bei aller Liebe, Sie ahnen nicht, wie das auf die Nerven geht! Warum haben sie nicht geheiratet, als sie jung waren?« Sie steckte sich eine Zigarette an, drückte sie aber nach einem Blick auf die Pastorin mit einer hingemurmelten Entschuldigung aus. »Haben Sie ihn schon gesehen?« fragte die junge Knüsel neugierig. »Herrn Putz? Nur flüchtig. Er ist ja gleich wieder gegangen.« »Es scheint in der Art dieser Generation zu liegen, immer wegzugehen«, kommentierte Griseldis Knüsel geheimnisvoll. »Ich habe ihn gehaßt, weil meine Mutter nicht aufgehört hat, ihn zu lieben. Eine Tochter fühlt das. Und ich trage ihm noch heute nach, daß er sie im Stich gelassen hat. Wissen Sie, ich halte es für meine Pflicht, Mutter vor dem Fehler zu bewahren, Adalbert Putz zu vertrauen.« Sie zog ein Papiertaschentuch aus ihrem Mantel und fuhr sich damit über die Nase. »Was soll aus so einer Zuneigung werden? In der Bahn sprach sie nur von Adalbertchen, und wenn sie schlief – ich bin sicher, da träumte sie von ihm. Und wenn ich zur Besonnenheit mahnte, sie um Himmelswillen beschwor, vorsichtig zu sein, winkte sie ab, sie würde ihn prüfen. Adalbert Putz prüfen, eine alte unerfahrene Frau einen Akademiker prüfen! Mein Gott, was soll daraus werden?« Die Pastorin hob lächelnd die Brauen. »Was befürchten Sie? Doch wohl kaum, daß Sie Kindermädchen spielen müßten?!« »Tu ich es nicht?« fragte die Knüseltochter schmerzlich. »Vielleicht ist gerade das der Fehler«, vermutete die Pastorin. Die Frau versank in Schweigen, dann zuckte sie mit den Schultern und steckte die Zigarette ein. »Ich möchte Sie an meiner Stelle sehen«, sagte sie und verließ grußlos die Küche. Kurze Zeit später hörte die Pastorin, wie die Gäste das Haus verließen.

»Nun?« neckte sie, als ihr Mann zurückkam. »Du machst dein nachdenkliches Hölderlingesicht. Hast du Frau Dora Verse aus dem ›Hyperion‹ vorgetragen?« »Eher von Shakespeare«, erwiderte er sarkastisch und goß sich eine Tasse kalten Pfefferminztee ein. »Den du aber noch nicht ganz verdaut hast, wie ich sehe«, lächelte sie. »Du siehst richtig«, stellte er humorlos fest und verzog sich mit allen Anzeichen einer Erschöpfung ein Stockwerk höher in seinen Sorgenstuhl.

Eben als die Pastorin erwog, das Abendessen zuzubereiten, klingelte es wieder an der Haustür. Ein dicker Mensch, an die Vierzig, mit groben Augenbrauen und ebensolchem Schnauzer stellte sich als Neffe des Herrn Putz vor und verlangte, ihn zu sprechen. Der Pastorin kam das Gesicht bekannt vor. Es war dicker geworden, so wie der ganze Mann, seit sie ihn zuletzt gesehen hatte. Er war Fleischer, hatte in den ersten Jahren im Dorfe als Hausschlächter gearbeitet und sich dann zwei Busstationen weiter niedergelassen. Sie wußte, daß sie ihn auch auf der Liste der Silberkonfirmanden stehen hatte, kam aber nicht auf seinen Namen. Die Pastorin teilte ihm mit, daß Herr Putz, sein Onkel, noch immer unterwegs sei und Frau Knüsel mit Tochter ihn bereits sprechen wollte. »Griseldis?« fragte er, und sein rotes Gesicht färbte sich purpurn. »Sie kennen die Damen?« erkundigte die Pastorin sich leichthin. »Nur Griseldis – ich meine die Tochter. Von einem Lehrgang in meinem Beruf. Sie ist Fleischbeschauerin.« Die Pastorin öffnete die Tür weiter. »Es zieht! Nun kommen Sie schon; als halber Verwandter!« Er wurde wieder rot und hinkte ihr nach in die Küche. »Sie kennen mich nicht mehr, wie?« fragte er. »Erich Boppe«, riet sie, aber er verbesserte sie: »Erich stimmt, aber Böbe. Mit Weich-Be inwendig. Was macht der Herr Pastor?« »Er denkt nach.« Sie wies über sich an die Decke. »Und Onkel Adalbert?« »Wer?« »Mein Onkel Putz!« »Ich hoffe sehr, daß er dasselbe tut«, wünschte die Pastorin und entschloß sich, Gast hin, Gast her, den Tisch zu decken. »Ich habe ihm mein Haus angeboten, solange er in der Gegend ist«, berichtete Fleischer Böbe, »aber es zog ihn woanders hin. Will mal sagen, wozu inkommodiert er fremde Leute, wenn sein Neffe ein paar Dörfer weiter wohnt? Zumalen bis um zwölf in der Nacht zu jeder vollen Stunde ein Bus zu mir fährt. – Geben sie mal her, ich mach Ihnen die Büchse auf!« Er nahm der Pastorin die Blechdose mit der Leberwurst aus der Hand, legte den hauseigenen Büchsenöffner beiseite und holte aus der Hosentasche seinen eigenen hervor. »Als ich von der goldenen Konfirmation hörte, wußte ich gleich, daß Onkel Adalbert auf jeden Fall schon mal wegen Knüsels Dora kommen würde, und ich sagte zu mir, so tapperig, wie er ist, mußt du ihm schon aus Christenpflicht unter die Arme greifen. – Sie können die Wurst jetzt rausnehmen!« Er schnüffelte. »Gut ist sie noch, obwohl sie ins dritte Jahr lagert. Wenn ich so denk, ich meine, das mit Onkel Adalbert und der Dora, ... eigenartig ist das schon mit den beiden, wie?«

Die Pastorin war mit Stullenschmieren beschäftigt. Böbes Mundwerk stand nicht still. Sie hob vielsagend die Schultern. »Meinen Sie etwa nicht?« fragte Böbe erstaunt. Sie konnte sich nicht erinnern, wozu er ihre Meinung erbat, und wiegte klüglich den Kopf. Böbe fühlte sich angezweifelt, was ihn offensichtlich verstimmte, denn er erklärte nun lauter, man könne die Sache zwischen den beiden auch anders auffassen. Im Hinblick aufs Erbe nämlich. Er sage nur ARGLIST, sage HINTERHÄLTIGKEIT! Jeder wisse nämlich, daß der alte Putz nicht ganz unvermögend sei. Ob sich die Frau Pastorin zusammenreimen könne, was er damit sagen wolle. Das sei nie ihre Stärke gewesen, meinte die Pastorin, und schon gar nicht, wenn sie einen Brotteller mit Gurken und Petersilie garniere. Dann werde er ihr auf die Sprünge helfen, versprach der Fleischer. Schließlich sei der Onkel um fünf Monate älter als die Dora Knüsel, die noch nicht einmal ganz fünfundsechzig wäre. Seiner Meinung gehe das ganze auf nackte Vermögensaneignung aus, wobei sich er, Erich Böbe, als einziger Neffe des irgendwann mal Verblichenen die Nase streichen würde, wenn er nicht gewaltig achtgäbe. »Sie haben Angst, die beiden könnten heiraten«, vermutete die Pastorin überzeugt. »Angst, Angst ...« Böbe, dem Mann und Fleischer, mißfiel das Wort. »Ich habe bloß unheimlich ...« Er starrte zur Decke. »Angst!« souflierte ihm die Pastorin ungerührt. »Na meinetwegen«, gab Böbe zu, »Angst nämlich, daß die Dora Knüsel den Onkel angelt.«

Die Pastorin räusperte sich. Die Brote waren gestrichen, und sie verglich, für Böbe unübersehbar, mit großer Geste die Zeit zwischen Armband- und Küchenuhr. »Sie wollen essen, wie?« erkundigte sich der Fleischer höflich. »Es ist spät geworden«, sagte die Pastorin und stellte mit einigem Nachdruck Teller und Tassen für zwei Personen auf den Tisch. »Ihr Mann ißt wohl oben?« fragte Böbe teilnahmsvoll. Die Pastorin zählte mit gespielter Verwunderung die Tassen. Jetzt erst verstand der Fleischer und erhob sich mit einem schweren Seufzer. »Nu, nichts für ungut! Vielleicht treff' ich den Onkel auf dem Heimwege.« An der Tür drehte er sich nochmals um. »Daß ich mich am Festtage ein bißchen um ihn kümmere, ist Ihnen wohl recht?« Er nickte vor sich hin und verließ mit einem gemurmelten Gruß das Haus.

»Wer war denn hier?« wollte der Pastor wissen. »Ein weiterer Betreuer. Verstärkung für Dora Knüsels Tochter. Der Fleischer Böbe ist auch gegen Romeo und Julia, wie du.« »Wie ich?« fragte der Pfarrer versonnen, und er lächelte geheimnisvoll.

Ja, Traugott Senftleben hatte, seit Dora Knüsel bei ihm in seinem Studierstübchen gewesen war, ein Geheimnis, das er entgegen aller Gewohnheit seiner Frau noch nicht anvertraut hatte. Als er ihr darüber mitteilen wollte, hatte sie ihn durch ihren leisen Spott verärgert. Zudem hatte er Zeit gebraucht, ein Gespräch mit Dora Knüsel und die

Verpflichtungen, die sich daraus ergaben, zu überdenken. Julia und ihr Romeo waren alt geworden, aber dennoch Romeo und Julia, die Liebenden, geblieben. Dora Knüsels Romeo war wie ganz am Anfang Herr Putz, und sie war bereit, nach einem folgenschweren Fehler mit ihm die restlichen Tage, die ihnen verblieben, wie ein Geschenk zu teilen. Doch sie wußte, daß es da Hindernisse gab. Ihre Tochter wohnte seit ihrer Scheidung bei ihr, und sie betrachtete Adalbert als Eindringling und Schlimmeres. Darin war sie einig, wie man hörte, mit Putzens Neffen, dem Fleischer. Obwohl nur locker verbunden, bildeten die beiden eine schier unerweichbare Front gegen die Liebenden. Der Pastor hatte mitfühlend die Hand von Frau Dora gedrückt und mit schwerem Haupte genickt. Wie sollte man gegen die Intriganten vorgehen? »Wenn ich nur Adalbert einmal allein sprechen könnte!« wünschte die alte Frau. »Aber es wird immer jemand in unserer Nähe sein. Wir werden nicht einmal für unser Stück proben können, ohne daß Aufsicht in der Nähe ist!« »Ein Stück? Was für ein Stück?« hatte der Pastor aufhorchend gefragt. »Ich wußte nicht, daß Sie die Absicht hatten, und es ist gut, daß ich davon erfahre!« Dora Knüsel lächelte und wiegte unentschlossen den Kopf. »Es wird doch nicht ...« hatte der Pastor erschrocken hervorgestoßen. »O nein,« fiel sie ihm in die Rede, »wo denken Sie hin?« Sie sah aus den Augenwinkeln, wie er die Stirne runzelte und sie mißtrauisch anstarrte. »Nein, wirklich nicht«, beteuerte sie. »Unser Stück ist über jeden Verdacht erhaben.« »Sie wissen«, der Pastor blickte noch immer argwöhnisch, »es ist nicht eben Karneval, sondern immerhin ein kirchliches Fest, das wir in einigen Tagen begehen. Ein Stück, sagen Sie? Kenne ich den Autor?« »Persönlich nicht«, bekannte Dora Knüsel gemessen. »Doch ist er nicht neu.« »Das ist keine

Beruhigung für mich!« hatte der Pastor bemerkt. »Schließlich liegt alle Verantwortung – einschließlich der kulturellen Einlagen – bei mir. Und wenn ein Stück, nun, Sie wissen schon, nicht in den Rahmen unserer Feier paßt, ...« »Aber es ist eigentlich gar kein Stück, kein ganzes«, beruhigte Dora Knüsel, »sondern ein Stück vom Stück, nur eine Szene, Shakespeare, ›Romeo und Julia‹. Mein Gott, es sollte unser Geheimnis bleiben. Nun ja, da wir es wohl doch nicht bringen werden, ist es schon einerlei.« Sie entnahm ihrer Tasche ein Tuch mit einer rosa Häkelkante und wischte sich über die Augen. Traugott Senftleben hatte stärkeres Mitleid verspürt. »Gegen Shakespeare habe ich keine Einwände«, hatte er versichert. Dora Knüsel schnupfte. »Natürlich nicht. Ich danke Ihnen.« Sie schloß ihr Tuch in die Tasche und machte Anstalten, die Stube zu verlassen. »Es scheint Ihnen viel daran zu liegen, es bei uns aufzuführen«, hatte Senftleben vermutet. Sie war stehengeblieben und stützte sich auf den Stuhl. »Es kann uns helfen, wieder zueinanderzufinden.« Die Frau zuckte resigniert mit den Schultern und wandte sich erneut zur Tür. »Wenn ich nur wüßte!« hatte Traugott Senftleben hilflos gemurmelt, denn er vermißte die Nähe seiner Frau. Dora Knüsel hatte die Tür geöffnet und drückte sie nun wieder zu. »Proben *Sie* mit mir! Wollen Sie? Hören Sie mich ab!« Er hatte dagestanden, törichten Gesichts, als hätte Dora Knüsel in einer fremden Sprache gesprochen und warte nun darauf, daß man es ihm übersetzte. Aber da war weit und breit kein Dolmetsch, und wahrscheinlich deshalb fügte die Frau hinzu: »Freilich nur, wenn sie uns ernsthaft helfen wollen.« Er schluckte, nickte aber dann: »Und wann, meinen Sie?« – »Morgen?« fragte sie zurück. Und der Pastor: »Im Pfarrhaus?« »Das würde Griseldis nicht zulassen, wo doch Herr Putz hier wohnt,« sagte sie gedehnt. Nein, sie schlage das Haus von Meister Talauf vor, frühnachmittags, wenn Tochter Griseldis ihren Gesundheitslauf ums Dorf unternähme.

Als sie gegangen war, hatte Traugott Senftleben dem Bücherschrank für dieses Mal William Shakespeare entnommen statt des Hölderlin und, mit seinem mitleidvollen Herzen hadernd, sich in die Liebe der beiden aus Verona vertieft.

Das Abendbrot nahmen der Pastor und seine Frau schweigend ein. Ihn drückte jetzt mehr noch als sein Versprechen der Gedanke an die Aufführung, in der alte Leute spielen würden, jung zu sein. Sie aber dachte noch immer über die Liebe nach und über das Unverständnis ihres Mannes, der eine große Liebe »exaltiert« fand. Sie sah ihn an, wie er vor ihr saß, stumm an einer Leberkässchnitte und seinen Sorgen kauend. Warum hielt er vor ihr etwas geheim? Und sie schwieg weiter wie er und wünschte aus tiefstem Herzen, sie könnte ihm, dem Dickkopf und Ignoranten, zeigen, daß zumindest eine Frau heute noch fähig war, wie Julia zu lieben.

Die Pastorin empfand es als willkommene Ablenkung von ihrem Kummer, auf Adalbert Putz zu stoßen, der von der Suche nach seiner lieben Dora zurückkehrte. Er sah derangiert aus. Sein Binder hing ihm über dem Rücken, und sein grauer Mimenhaarkranz stand wie eine Schneewehe in die Höhe. Einen langen Atemzug starrte er die Pastorin an, um dann in einen fast ebenso langen Seufzer auszubrechen. »Die Gier!« rief er, hob plötzlich die Rechte und verkündete in zornigem Pathos: »Es ist die Gier, die uns zu Frevlern macht!« Er faßte sich ans Herz und schien einem Zusammenbruch nahe. Die gute Pastorin, im Zweifel, wieviel an Herrn Putz Schauspielerei oder wirkliche Schwäche sei, unterstützte den fürchterlich Schwankenden mit beiden Armen und führte ihn in die

Küche. So jämmerlich sah er aus, daß sie ihm eiligst eine Tasse Kaffee vorsetzte. Seine hinfälligen Lebensgeister begannen sich alsbald zu beleben, und nach zwei weiteren Tassen starken Kaffees fühlte er sich wieder imstande zu sprechen. Er erzählte der Pastorin von seinem Zusammentreffen mit der »lieben Dora«, das er schwärmerisch als Begegnung milder Gestirne beschrieb, bis – und nun ließ Herr Putz alle Minen springen – bis sein ziegen- und kälbermordender Neffe dazwischengefahren sei. Er beflügelte die Phantasie mit Hilfe seiner dramatischen Begabung, indem er sich in Gehabe und Sprechweise in seinen Neffen verwandelte, und die Pastorin erfuhr, daß der Fleischer eine Scheune zum Schlachthaus umgebaut hatte und ihm nun das Geld für einen Fleischwolf und zwei neue Wurstkessel fehlte. »Am Gelde hängt, zum Gelde drängt«, deklamierte der Laienkünstler Putz. »Natürlich lügt er. Er hat schon Geld!« seufzte er, seine Rolle kurz unterbrechend, um darauf mit der Stimme des ungeliebten Neffen zu schreien: »Aber ich werde nicht zusehen, wie fremde Leute dich zum Bettler machen, derweilen dein eigenes Blut darbt!« »Vielleicht braucht er diesmal das Geld wirklich«, unterbrach ihn an dieser Stelle die Pastorin. »Er braucht immer Geld«, nickte Herr Putz zustimmend, »*mein* Geld oder das anderer Leute. Im Vertrauen, ich habe ihm öfter ausgeholfen als er Haare auf dem Kopf, respektive Schweine im Stall hat. Und ich versichere Ihnen, er hat von beiden nicht wenig. Als er aber sagte, meine Dora wäre eine Erbschleicherin, habe ich sozusagen einen Gang an die Rampe getan und ihn gezüchtigt!« »Das hätten Sie getan?« fragte die Pastorin ungläubig und hielt den Kopf schief. »So wahr ich hier stehe!« schwor er. »Und zwar moralisch! Wir Schauspieler verfügen in der Moral zumindest über ebenso wirksame Waffen, wie es bei Primitivlingen etwa die Faust ist.«

»Nun reden Sie schon!« rief die Pastorin neugierig. »Was haben Sie getan, Herr Putz?« »Ich habe ihn angespien«, sagte der Mime mit Würde. »Freilich nicht richtig, so etwas macht man auf der Bühne nicht. Es entspräche auch nicht der Ästhetik unseres großen Friedrich Schiller. Vielmehr ... sehen sie, es ist ein Kniff dabei.« Er rundete die Lippen, als wollte er pfeifen und sagte etwas, das klang wie die erste Silbe von Füllfederhalter, aber mit »pf« geschrieben. Darauf sah er sie erwartungsvoll an. »Recht so!« sagte die Pastorin enttäuscht. Ihr zuckten die Lippen. »Wie finden Sie das?« fragte der etwas schwerhörige Herr Putz eitel. »Eine moralische Zurechtweisung allein durch das Mittel der Kunst!« Er sollte es dem unkünstlerischen alten Schrage beibringen, dachte die Pastorin mit Lachtränen in den Augen. »Aber Ihr Neffe?« fragte sie. »Hat er Sie verprügelt?« Sie wies auf seinen Schlips, der noch immer unvorschriftsmäßig über der Schulter hing. Vielleicht sah er in ihren Worten eine Kritik, denn er rückte ihn zurecht. »Ich glaube, Ihnen gesagt zu haben, daß ich Faustkämpfe nicht kulturvoll finde«, erinnerte Herr Putz. »Nein, Schuld daran hat eigentlich Griseldis!« »Frau Doras Tochter?« »Ich hatte keine Ahnung, daß auch sie in unserer Nähe war«, entschuldigte er sich. »Ich habe nur die liebe Dora gesehen. Griseldis stürzte sich auf Erich eben in dem Moment, als ich ihn bereits auf besagte Weise gestraft hatte. Ich habe nur versucht – und gleich darauf auch Dora –, die beiden auseinanderzubringen.« Er wiegte schmerzlich das Haupt. »Darauf fielen die beiden jungen Leute über mich her. Sie sehen, es stimmt keinesfalls immer, daß, wo zwei sich zanken, der dritte sich freuen kann.« Er seufzte. »Aus unserer Überraschung wird es nun nichts werden.« »Eine Überraschung?« fragte die Pastorin interessiert. »Wen wollten Sie denn *noch* überraschen?«

Der kleine Herr Putz lächelte schuldbewußt. »Eine Überraschung zuallererst für Griseldis und meinen Neffen. Aber ich meine, alle anderen wären auch überrascht gewesen.« Sie glaubte ihn zu verstehen. »Sie wollten doch wohl Frau Dora nicht mir-nichts-dir-nichts vom Fleck weg hier bei uns heiraten?« Er schlug die Augen nieder. »Jetzt wird es wohl damit nichts mehr werden. Aber wir meinten, vielleicht würden die beiden in sich gehen, wenn wir ihnen auf der Bühne ›Romeo und Julia‹ gezeigt hätten. Oh, Kunst vermag viel, unendlich viel, glauben Sie mir! Damals hatten wir es nicht zu Ende gebracht, als wir – achtundvierzig Jahre ist es her – hier im Dorfe zusammen spielten.« Betrübt sah er vor sich hin. »Nach dem Gezänk werden Griseldis und Erich erst recht auf uns achten. Freilich, die Rollen beherrschen wir, auch so ziemlich die Gänge, glaube ich. Wir haben das alles in dem Brief besprochen. Aber es bedarf doch wenigstens einer, vielleicht auch mehrerer Proben nach so langer Zeit.« Er drehte an seiner Tasse und sah die Pastorin gedankenvoll an. Plötzlich nickte er, als gälte es, etwas zu bestätigen.

»Das wäre allerdings die Lösung!« verkündete er und schnippte mit den Fingern. »Ja, das ist es! Eine gute Idee obendrein, finde ich, und vielleicht unsere Rettung. »Wie mir schwant«, sagte die Pastorin stirnrunzelnd, da der Amateurschauspieler noch immer Augenmaß nahm, »denken Sie wohl an meine Verwendung bei Ihrer Truppe?« Adalbert Putz blickte ergeben und legte die Hand an eine Stelle, an der große Tragöden das Herz vermuten. »Ich schwöre Ihnen, Sie sind die perfekte Julia! Bitte, antworten Sie mir nicht, daß Sie keine vierzehn Jahre sind, und lachen Sie nicht, beste Frau Pastor! Was einem Menschen über Jahrzehnte hinaus bleibt, ist gütiger- und gerechterweise seine Stimme! Verstehen Sie! Dora und ich wollten hinter einer beleuchteten Leinwand spielen.

Unsere Stimmen sind so wenig gealtert wie unsere Liebe. ›Der Narben lacht, wer Wunden nie gefühlt.‹ Es ist der zweite Auftritt, zwoter Akt in Capulets Garten.« »Ich erinnere mich«, sagte die Pastorin versonnen. »Man kann sich sein Publikum nicht aussuchen, wie man seine Spieler aussucht«, fuhr Herr Putz fort. »Irgendeiner ist immer dabei, der an der unrechten Stelle applaudiert, sich schneuzt oder mutwillig Unfug treibt. So war es auch beim Auftritt vor unserer Trennung. Wir waren noch nicht weit gekommen. Julia – meine Dora also – stand auf dem Balkon, sah auf den Garten herab und hatte die Worte zu sagen:

›O Romeo! Warum denn Romeo?
Verleugne deinen Vater, deinen Namen!‹

Da brummelte es – und das war einer von den Talauf-Jungen vom Niederland – in die feierliche Stille: ›Nicht nötig, wo er doch Adalbert Putz heißt!‹ Hier lachten die Leute zum ersten Male. Aber es sollte noch schlimmer kommen! Es ist fast wie im Froschteich: Erst herrscht Ruhe, aber fängt einer an zu quaken, fallen die anderen ein. Ich sah, wie Dora blaß wurde. Sie starrte in den Zuschauerraum, als wollte sie den Frevler ausfindig machen, wo sie doch niemanden dort unten sehen konnte wegen der Scheinwerfer, die unsere Augen blendeten. Ich wußte, daß sie ›hing‹, wie wir Schauspieler sagen, daß sie ihren Text nicht mehr im Kopfe hatte. Ich half ihr flüsternd ein. Ich werde ihr dankbares Lächeln nicht vergessen, und tapfer fuhr sie fort:

›Willst du das nicht, schwör dich zu meinem Liebsten, und ich bin länger keine Capulet.‹

Und wieder kam von unten die brummige Stimme vom Talauf, diesmal aber laut und herausfordernd: ›Wieso denn Capulet? Wo sie doch die Dora Lummitsch ist!‹

Zwei, drei, dann zehn und mehr gaben ihm recht. Wie gesagt, ein Froschteich! Das war für meine Dora zuviel. Sie drehte sich um und verschwand schluchzend vom Balkon. Einen Augenblick später sah ich sie zwischen zwei Versatzstücken davonlaufen.« Herr Putz blickte vor sich hin. »Was sollte ich, der ich noch immer auf der Bühne stand, tun? Irgendwer schickte die Ersatz-Julia zu mir, und mit der habe ich weitergespielt. Dora aber hat sich danach am gleichen Tage von mir getrennt.«

»Und diesmal soll *ich* Ihre Ersatzspielerin sein?« erkundigte sich die Pastorin. Er lächelte wieder. »Griseldis und mein Neffe werden nicht Zweifel hegen, wen ich meine, und endlich den Schluß ziehen, daß ich Dora wahrhaftig liebe.« Die Pastorin hatte den Kopf abgewandt und schwieg. »Lachen Sie wieder?« fragte Herr Putz. Sie antwortete nicht. War das nicht die Gelegenheit, die sie sich herbeigewünscht hatte, zu zeigen, daß auch sie eine Julia war? Sie sah sich auf der Bühne, und Traugott saß in der ersten Reihe, und die Augen gingen ihm über, denn er wußte, wen *sie* meinte, wenn sie mit Romeo sprach. Es gab auf der großen, weiten Welt nicht nur Herrn Putz und seine Dora, die die Liebe der beiden aus Verona fortsetzen durften, es gab noch den einen und die andere, obwohl Traugott es bezweifelte. Hier war die Gelegenheit, es ihm zu zeigen und für Shakespeare eine Lanze zu brechen, so wie es der kleine Herr Putz all denen zeigte, die an seiner Liebe zu Dora Knüsel und ihrer Liebe zu ihm zweifelten. »Warum eigentlich nicht?« sagte die Pastorin fast übermütig. »Ich spreche die Rolle!« Sie hatte ein gutes Gefühl dabei.

So probten sie denn für das gleiche Stück in doppelter Besetzung, wenn auch getrennt voneinander, der Pastor und Frau Dora im Hause von Meister Talauf und Herr Putz mit der Frau Pastorin im Pfarrhause. Das geschah in aller Heimlichkeit, und das Haus Montague-Senftleben wußte nicht, was im Hause Capulet-Senftleben vorging. Nur einmal, als der Pastor von seiner Probe etwas eher nach Hause kam, vernahm er, während er in sein Zimmer hinaufstieg, gedämpfte Worte, die ihm bekannt vorkamen. Er verhielt seinen Schritt, lauschte einen Augenblick und hörte deutlich eine Männerstimme bitten:

»O sprich noch einmal, holder Engel!«

Nun auch noch im Radio »Romeo und Julia«! Ein Shakespearefieber schien ausgebrochen zu sein! Kopfschüttelnd ging er weiter. Ihn verlangte nach Ruhe. Er hätte sich diese Proben mit Frau Dora nicht aufschwatzen lassen sollen. Ein Stockwerk tiefer antwortete jetzt die Julia, und sie hatte die Stimme seiner Frau. Überreizung! dachte Traugott Senftleben. Kein Wunder in diesen letzten Tagen vor dem Fest! Er hörte unter sich seine Frau noch immer sprechen, und um seine Gesundheit besorgt, beschloß er, mindestens eine Stunde zu schlafen.

Die Pastorin hatte von der frühen Rückkehr ihres Mannes nichts bemerkt. Die Szene »stand«, wie Herr Putz nicht ohne Stolz behauptete, und am nächsten Abend mußte sich dann entscheiden, ob die Kunst des großen Briten obsiegen würde über die Ranküne eines Fleischers und das Mißtrauen von Griseldis. An der Darstellung von Herrn Putz, das war ganz sicher, würde es im Falle eines Mißerfolges nicht gelegen haben!

So kam der große Tag heran, und der Herr Putz verließ das Pfarrhaus, wie er gekommen war, mit seinem Koffer. In ihm lag die Leinwand verpackt, die er für seine Szene benötigte. Es ist hier nicht der Ort, das schöne Fest eingehend zu schildern, das am Vormittag in der Kirche begann; den feierlichen Einzug der »Goldenen«, an dessen Ende – vom Pastor gefügt – Putz mit seiner Dora wandelten, gefolgt von den »Silbernen«, darunter der

Fleischer Böbe und Griseldis, die hintereinander hergingen; das schmackhafte Essen im für den Mittag gemieteten »Ratskeller« und am Abend dann das gemütliche Beisammensein im großen Gemeindesaal. Hier hatte die Frauenhilfe mit der Pastorin ein kaltes Büfett vorbereitet, und nach einer kurzen Ansprache Senftlebens holte einer der Jubilare auf einen Wink des Pastors seine Ziehharmonika unter dem Tisch hervor, und alle sangen ein bißchen wehmütig »Schön ist die Jugendzeit«, und auf Herrn Putz' Wunsch »Gold und Silber«. Dieses Lied war, wie es sich zeigte, die Einstimmung für »Romeo und Julia« (Capulets Garten). Der Amateurschauspieler prüfte mit einigen Griffen die Hangfestigkeit der Leinwand und gab dem Manne mit der Ziehharmonika ein für alle sichtbares Zeichen, indem er wie ein Karatekämpfer die flache Hand nach unten schlug. Eine Art Tusch klang auf, und Herr Putz verkündete, daß nunmehr der kulturelle Höhepunkt des Abends gekommen sei, denn ein Kunstgenuß besonderer Art stehe ihnen hinter der Leinwand bevor, und zwar in Gestalt der edlen Liebenden Romeo und Julia. Er bat das Publikum, nochmals die letzte Strophe von »Gold und Silber« zu singen, um den Künstlern Gelegenheit zu geben, sich umzukleiden. Denn auch daran hatte Adalbert Putz gedacht, daß man auf einem Schattenriß zwar keine Gesichtszüge zu erkennen vermochte, nicht das Alter und ob jemand schön war oder nicht, wohl aber war jeder Zuschauer in der Lage, an der Kleidung der Akteure festzustellen, ob es ein modernes Stück war oder eines aus der Vergangenheit. So lag in einer kleinen Seitenkammer hinter einem blechernen Ofenschirm ein knöchellanger Rock für die Julia bereit und hinter einer ausgehobenen, von hohen Latten gestützten Tür das Kostüm für Romeo, das sich bei näherem Hinsehen als Trainingsanzug mit verschossenen Röhrenbeinen erwies.

Was nun folgte aber ist ein Gegenbeweis zum Wahrheitsgehalt des Sprichwortes: Doppelt genäht, hält besser. Kaum war der Amateurschauspieler Adalbert Putz hinter der noch dunklen Leinwand verschwunden, brachen unten drei Personen zum gleichen Ziele auf. Die Pastorin kannte ihren Kostümfundus, im Gegensatz zu Dora, die, zwar für die Rolle nicht eigens angekleidet, doch mit dem Pastor als erste die Bühne betrat und, kaum daß Senftleben für Beleuchtung gesorgt hatte, ihn durch einen leichten Klaps auf den Arm zum Einsatz ermunterte. So fing denn der Pastor nach kurzem Hüsteln in Gottes Namen leise an:

»Doch still, was schimmert durch das Fenster dort?
Es ist der Ost, und Julia die Sonne.«

In diesem Augenblick betrat eine dritte Person in langem Gewande den Schauplatz. Es war die Pastorin, die aus einem im Hintergrund der Bühne aufgehängten Fensterrahmen auf ihren Mann und eine bereits anwesende Julia hinabstarrte. Senftleben, der die Schritte zwar gehört hatte, aber nichts argwöhnte, sprach konzentriert, wenn auch mit einigen Hängern, weiter. Unterdessen war Herr Putz in seiner Kammer noch immer verzweifelt bemüht, in Romeos Hosen zu schlüpfen. Es war, wie gesagt, ein alter Anzug, und Herr Putz war dieser Kleidung seit langem entwachsen. Seine Beine wollten sich nicht in die engen Röhren zwängen lassen. Er schwitzte, nestelte an den klemmenden Reißverschlüssen und murmelte verzweifelt vor sich hin. Ihn beunruhigte das Licht auf der Bühne, und es wunderte ihn, daß die Leute, ohne zu murren, auf den Anfang warteten. Manchmal vernahm er zwar ein paar undeutliche Worte, aber sie schienen ihm nicht aus dem Zuschauerraum zu kommen. Endlich riß er den letzten Reißverschluß mit Gewalt auf, fuhr in die zerfetzten Traininghosen und gürtete sich den Degen um. Das grelle Licht blendete ihn auf der Bühne, doch sah er eine Gestalt vor sich stehen, die er für Julia hielt. Es war aber der Pastor, der den langen Eingangsmonolog mit Ach und Krach soeben beendet hatte und nun aufgeregt den Einsatz seiner Julia erwartete.

Doch davon hatte Herr Putz keine Ahnung. Wir müssen ihm, der eben aus seiner Kammer gekomken war, selbstverständlich nervös und etwas schwerhörig, wie wir wissen, wir müssen ihm, sage ich, Gerechtigkeit widerfahren lassen, daß er das Stück noch am Anfang glaubte und es infolgedessen noch einmal begann. Der Pastor, ohne Bühnenerfahrung, stand herum wie ein Ofen im Hochsommer und fühlte sich ebenso überflüssig. Dora aber versuchte, dem rutschenden Thespiskarren eine rettende Wendung zu geben und rief nach einem Absatz Putz ihr nächstes Stichwort zu: »Weh mir!« Aber da zwei Romeos auf der Bühne standen, bezog es ein jeder auf sich, und so stellten sich beide erfreut und verkündeten sich gegenseitig und der nunmehr verwunderten Menge: »Horch! Sie spricht!« Mehrere Leute lachten. Vor allem diejenigen, die das Stück nicht kannten, fanden es spaßig. Die Pastorin an ihrem Fenster hob ratlos die Schultern und verschwand, ohne ein einziges Wort geäußert zu haben, von der Leinwand. »Bravo!« riefen ein paar Frauen aus dem Ort. Sie erkannten an dieser Handlung eine stolze Seele und klatschten ihr Beifall. Herr Putz gewahrte erst jetzt, daß er die ganze Zeit zu seinem Doppelgänger gesprochen hatte, und blickte zum leeren Fensterrahmen hinauf. Da war niemand mehr, aber am Ende der Leinwand stand seine liebste Dora! Das Herz schlug ihm, wie es dem echten Romeo in Capulets Garten vor einem halben Jahrtausend geschlagen haben mochte. Stille.

Angespannte Stille auch im Zuschauerraum. Die Liebenden standen allein auf der Bühne, und Julia strahlte ihren Romeo an, was man unten allerdings nicht sehen konnte. Sie trat einen Schritt auf ihn zu ... War es ein knarrendes Brett auf der Bühne, oder errinnerte sie das grelle Licht an ihre Rolle und ließ sie wieder an die Wirklichkeit des Spiels denken? Sie straffte sich, streckte Romeo die Hand entgegen und ließ sich hören:

»O Romeo! Warum denn Romeo?
Verleugne deinen Vater, deinen Namen!
Willst du das nicht, schwör dich zu meinem Liebsten, und ich bin länger keine Dora Knüsel mehr!«

Das völlig Unverhoffte, ganz und gar nicht Erwartete macht, daß der Mensch fürs erste verstummt. Dann brach es los! Gelächter, Zurufe, Beifall, und irgend jemand schrie: »Das ist mal eine Art, sich zu verloben!« Herr Putz aber als Romeo stand wie erstarrt. Er fiel seiner lieben Dora nicht um den Hals, obwohl sie doch so sehr darauf wartete. »Nach so vielen Jahren«, flüsterte er, und nichts bewegte sich an ihm, »nach so vielen Jahren versagst du wieder und an gleicher Stelle.« Da drehte sie sich um wie schon einmal und eilte davon. Herr Putz aber sprach diszipliniert, wenn auch in Eile, zu einer nicht mehr anwesenden Julia den nächsten Satz. Dann hielt es auch ihn nicht länger. Er verließ zum ersten Mal in seinem Leben vorzeitig die Bühne und lief seiner Dora nach.

Die Pastorin aber stand eine ganze Weile sinnend hinter dem blechernen Ofenschirm, bevor sie sich entschließen mochte, aus dem Kostüm der Julia zu schlüpfen, um wieder das zu sein, was sie nun einmal war, die Frau des Landpastors Traugott Senftleben. Sie legte sorgfältig Rock und Mieder zusammen. Sieh mal, es war dir beides kaum zu eng gewesen! Ein paar Ösen und Knöpfe hatten zwar offen bleiben müssen, aber nicht allzuviele, und es war auch ganz unbedeutend. Es war auch unbedeutend, daß sie stumm geblieben war auf der Schattenbühne; obwohl sie gern gesprochen hätte. Wir wissen schon, warum. Was mochte Traugott jetzt wohl machen? Ein Romeo, er! Ein Ersatz-Romeo, wie sie eine Ersatz-Julia. Oder waren es die anderen, die in der zweiten Besetzung gespielt hatten?

Im Saal war es unruhig geworden. Schritte trappelten. Rufe wurden laut. Einige Male schrie man die Namen von Putz und Dora Knüsel, so, als wollte man sie vor etwas zurückhalten, und auch das Wort ›Taxi‹ war zu verstehen. Die Pastorin aber ging ihren Mann suchen. Sie fand ihn vor der Kammer, ruhig auf dem Fußboden sitzend, das Schwert auf den Knien. »Ein Reinfall, wie?« fragte er. Sie lächelte. »Meinst du?« Er ließ sich von ihr aufhelfen, und sie gingen gemeinsam zur hinteren Tür, durch die der kleine Herr Putz und vorher seine Dora verschwunden waren. Auf der Straße standen die Gäste, rauchten und unterhielten sich. Jemand wollte das Paar gesehen haben, wie sie in einem Taxi davongefahren waren. »Und ihre Verwandten?« fragte die Pastorin. »Ihre Tochter und Herrn Putz' Neffe?« Man hatte sie nicht gesehen, aber sie fanden die beiden, als sie in den Saal zurückkehrten. Böbe hielt die Hand von Griseldis und nickte dem Pastor und seiner Frau zu. »Als Verlobte grüßen!« rief er und deutete auf sich und seine Nachbarin. »Sie kann zupacken!« lachte Böbe und zwinkerte mit einem blau angelaufenen Auge. Sie taten beide, als wäre es ihnen nun gleichgültig, daß Herr Putz und seine Dora endlich ein Paar würden.

Der Pastor ging in die Richtung der noch immer hell erleuchteten Leinwand und blieb vor dem Lichtschalter stehen. »Weißt du, daß ich Shakespeare liebe?« fragte er seine Frau. »Seit wann?« wollte sie verblüfft wissen. »Seit heute besonders«, sagte er. »Was meinst du, wollen wir das Stück zu Ende spielen?« Er breitete die Arme aus, drückte seine Frau an sich und gurrte: »O sprich noch einmal, holder Engel!« »Was willst du hören, Traugott?« fragte sie lächelnd. »Sind wir zwei nicht immer mitten in diesem Stück seit vielen, vielen Jahre?« »Und immer nur im zweiten Akt«, scherzte er und zog sie fester an sich.

«Hörst du nichts?« fragte sie ihn nach einer ganzen Weile. Im Saal wurde Beifall geklatscht. »Dieser Shakespeare!« schimpfte der Pastor erschrocken und löschte das Licht hinter der Leinwand.

Inhalt

Große Wäsche 5
Der Tunichtgut 22
Pastor Senftleben hat einen schweren Tag 41
Spargel wächst überall 66
Moritz Wagners Geheimnis 87
Das Krippenwunder 100
... und was nun? 123
PHONSTRESS 137
Café Berwitz 154
Dieser Shakespeare! 172